Deseo

ROMANCE CLANDESTINO

JENNIFER LEWIS

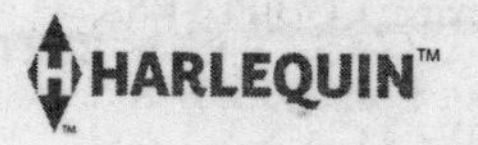

Editado por HARLEQUIN IBÉRICA, S.A.
Núñez de Balboa, 56
28001 Madrid

Romance clandestino, n.º 106 - 25.6.14
Título original: Affairs of State
Publicada originalmente por Harlequin Enterprises, Ltd.

I.S.B.N.: 978-84-687-4208-3
Depósito legal: M-8556-2014
Editor responsable: Luis Pugni
Fotomecánica: M.T. Color & Diseño, S.L. Las Rozas (Madrid)
Impresión en Black print CPI (Barcelona)
Fecha impresion para Argentina: 22.12.14
Distribuidor exclusivo para España: LOGISTA
Distribuidor para México: CODIPLYRSA
Distribuidores para Argentina: interior, BERTRAN, S.A.C. Vélez Sársfield, 1950. Cap. Fed./ Buenos Aires y Gran Buenos Aires, VACCARO SÁNCHEZ y Cía, S.A.

Capítulo Uno

–El príncipe te está mirando.

–A lo mejor quiere que le rellene la copa.

Ariella Winthrop envió un mensaje de texto en el que pedía que sacasen otra ronda de salmón y caviar. La gala tenía como objetivo recaudar fondos para un hospital local y había casi seiscientos invitados.

–Voy a mandarle a un camarero.

–Ni siquiera lo has mirado –le dijo a Ariella su elegante amiga, Francesca Crowe, que también estaba invitada a la fiesta.

Francesca llevaba el pelo, largo y moreno, suelto y se había puesto un vestido muy caro, que realzaba su curvilínea figura. Su imagen encajaba bien con la de los multimillonarios que habían asistido esa noche a la fiesta. En ocasiones, Ariella se sentía incómoda cuando invitaba a una amiga a una de sus fiestas y esta no era consciente de que tenía que trabajar y pretendía pasarse toda la noche charlando con ella. Por suerte, con Francesca podía ser sincera.

–Estoy trabajando. Y tú te estás imaginando cosas.

No miró al príncipe y tuvo la esperanza de que este tampoco estuviese mirándola a ella.

–Quizás se sienta tan intrigado como el resto del mundo por la misteriosa hija del presidente de los Estados Unidos.

–Voy a fingir que no he oído eso. Y, si sigues así, no apareceré en el programa de televisión de la cadena de tu marido.

Era broma, aunque lo cierto era que Ariella estaba muy nerviosa. Iba a encontrarse con su padre biológico por primera vez delante de las cámaras de televisión.

–Míralo. Es muy guapo –insistió su amiga.

Y Ariella no pudo evitar levantar la vista.

Su mirada se cruzó con la de un hombre alto que había al otro lado del salón. Su pelo corto y rubio contrastaba con el esmoquin negro. Ariella se estremeció al ver que echaba a andar hacia ella.

–Oh, no, viene hacia aquí.

–Ya te he dicho que te estaba mirando –comentó Francesca sonriendo–. Y no necesita champán. Mira, tiene la copa llena.

–¿Qué le pasará?

A Ariella se le aceleró el pulso. Sonrió de manera profesional y se preguntó si debía presentarse, dadas las circunstancias. Estaba allí trabajando, no como invitada, ¿se estaría saltando la etiqueta si saludaba al príncipe? Ojalá estuviese allí su socia, Scarlet, que formaba parte de la alta sociedad de Washington y sabía cómo actuar en aquellos casos.

Antes de que le diese tiempo a tomar una decisión, tenía al príncipe delante. Este le tendió la mano, así que ella se la dio. Como era de prever, el apretón de manos fue firme y autoritario.

–Señorita Winthrop, soy Simon Worth.

¿Sabía su nombre? En realidad, era normal, seguro que leía los periódicos como todo el mundo.

–Encantada de conocerlo –le respondió ella en tono profesional.

Sus ojos de color miel la estudiaron.

–Estoy impresionado –añadió con voz profunda y masculina.

Y Ariella no pudo evitar sentirse atraída por él.

–Gracias. Qué detalle –le contestó ella, que no estaba acostumbrada a que los invitados la felicitasen personalmente–. Nos gusta organizar este tipo de eventos.

Él le soltó la mano, pero no apartó la vista.

–No me refería a la fiesta, sino a lo bien que ha soportado la intromisión de la prensa en su vida privada.

–Ah.

Ariella sintió calor en las mejillas, a pesar de que no se solía ruborizar. Aquel hombre estaba consiguiendo desestabilizarla.

–Supongo que el hecho de no tener vida privada ayuda bastante. Me paso el día trabajando, así que no tienen mucho que escribir de mí.

Se dio cuenta de que lo que estaba diciendo era una tontería y se sonrojó todavía más.

–Y es fácil mantener las distancias cuando, en realidad, la mitad del tiempo no sé de qué están hablando –añadió.

–Sé cómo se siente –dijo él sonriendo–. He

sido el objetivo de las cámaras desde antes de que supiese hablar. Y he llegado a la conclusión de que, si no tienen nada interesante que contar, al final se lo inventan y esperan a que montes un escándalo.

Ariella sonrió.

–Entonces, ¿es mejor taparse los oídos y esperar a que se marchen?

–Más o menos –respondió él sonriendo de nuevo.

Ariella se dio cuenta de que le salía un hoyuelo en la mejilla izquierda. Era más alto de lo que había pensado. Y más corpulento.

–También ayuda viajar mucho, porque les cuesta más seguirte –agregó.

–Tendré que organizar más fiestas en el extranjero –dijo Ariella, pensando que era fácil hablar con él–. Organicé una en París hace un par de meses, y tenemos otra en Rusia dentro de poco, así que supongo que será fácil llegar a dominarlo.

Él se echó a reír.

–Eso es. Yo viajo bastante a África ahora que he dejado el ejército. Es más fácil despistar a los fotógrafos en la selva.

Ariella se rio al imaginárselo.

–¿Y qué hace en África? –le preguntó con sincera curiosidad.

No le sonaba que Gran Bretaña siguiese teniendo colonias allí.

–Dirijo una organización llamada World Connect que lleva la tecnología y la educación a zonas apartadas. Toda la plantilla es local, así que nos lleva mucho tiempo contratar a personas en los pueblos y ayudarlas a levantar el proyecto.

–Debe de ser muy gratificante.

Era un hombre adorable. Un príncipe que hacía algo más que divertirse.

–Pensé que no sabría qué hacer con mi vida cuando saliese del ejército, pero estoy más ocupado y feliz que nunca. Espero poder conseguir algunas donaciones ahora que estoy en Washington y he pensado que usted podría ayudarme.

–¿Quiere que organicemos una gala benéfica? –preguntó Ariella, sabiendo que a su amiga Scarlet le encantaría tener a alguien de la realeza entre sus clientes.

–¿Por qué no? –dijo él, acercándose tanto que Ariella pudo sentir su calor corporal–. ¿Podría tomar el té conmigo mañana?

Ella se puso tensa. Había algo en el lenguaje corporal del príncipe que le decía que quería algo más que tomar el té. Tenía fama de ser un hombre encantador y, a pesar de que no recordaba que hubiese protagonizado ningún escándalo amoroso, lo último que necesitaba era dar a la prensa algo más de qué hablar.

–Me temo que mañana no puedo –le contestó, retrocediendo un poco.

En vez de poner gesto de enfado o de decepción, él inclinó la cabeza y sonrió.

–Por supuesto. Está ocupada. ¿Y a la hora de desayunar? Supongo que, para usted, será el momento más tranquilo del día.

Ariella tragó saliva. Sabía que tenía que alejarse de aquel hombre tan guapo y, seguramente, experto en seducir a mujeres en un estado emocional vulnerable, pero era un príncipe, así que no podía ofenderlo. Al menos, no en público. Y para su empresa, DC Affairs, ocuparse de la gala de su organización benéfica sería estupendo. Además, Scarlet la mataría si se enteraba de que había rechazado el encargo. ¿Y qué podía pasar durante un desayuno?

–A la hora de desayunar está bien.

–Mi chófer pasará a recogerla a su casa. Será discreto, se lo aseguro.

–Ah.

Aquello la preocupó todavía más. Si era una reunión de negocios, no necesitaban tanta discreción. No obstante, consiguió sonreír.

–Vivo en...

–No se preocupe, la encontrará.

El príncipe inclinó la cabeza, retrocedió un par de pasos y después se perdió entre la multitud.

Ariella deseó apoyarse en algo y suspirar aliviada, pero no tenía ninguna pared cerca. Además, le estaba sonando el teléfono.

–Bueno, bueno, bueno –le dijo Francesca, sobresaltándola.

–Se me había olvidado que estabas aquí.

–Ya me he dado cuenta. Y también se te ha olvidado presentarme a tu amigo. Muy atractivo, por cierto. Y eso que se supone que su hermano mayor es el más guapo.

–Su hermano mayor es el heredero al trono.

–Si en Estados Unidos hubiese una monarquía, como en Inglaterra, tú serías la siguiente en la línea sucesoria –comentó Francesca–. Tu padre es el presidente y tú, su única hija.

–Pero no sabía de mi existencia hasta hace un par de semanas –replicó Ariella–. Y todavía no lo conozco en persona.

Aquello le dolía cada vez más.

–Liam está negociando con la oficina de prensa de la Casa Blanca la fecha de la grabación. Estoy segura de que tu padre también tiene ganas de conocerte –le dijo, apretándole el brazo cariñosamente.

–O no. Al fin y al cabo, fui un accidente –dijo Ariella mirando a su alrededor–. No deberíamos estar hablando de esto aquí. Alguien podría oírnos. Y, además, se supone que yo estoy trabajando. ¿No te apetece codearte con ningún pez gordo?

–De eso se ocupa mi marido. A mí me gustaría estar mañana en ese desayuno.

–Ojalá hubiese podido poner una excusa para no ir –confesó ella.

El corazón se le aceleró al pensar que iba a desayunar con el príncipe Simon. Seguro que no estaban todo el tiempo hablando de negocios. ¿De qué hablaba uno con un príncipe?

–¿Estás loca? Es absolutamente encantador.

–Sería más sencillo si no lo fuese. Lo último que necesito es meterme en un escándalo con un príncipe –comentó Ariella, notando un cosquilleo en el estómago–. Aunque tampoco pienso que él esté interesado, pero las cosas siempre pueden complicarse todavía más.

–Umm, creo que alguien está vomitando encima de los lirios –dijo Francesca, señalando discretamente a una joven que llevaba un vestido palabra de honor.

Ariella sacó su teléfono.

–¿Ves? Ya te lo decía yo.

El enorme Mercedes negro que había aparcado delante de su casa no llevaba ningún distintivo de la realeza británica, pero tampoco era precisamente discreto. Y el chófer uniformado que llamó a su puerta parecía llegado de otra época. Ariella se metió rápidamente en el asiento trasero y esperó que no hubiese ningún fotógrafo cerca.

No preguntó adónde iban y el chófer tampoco se lo dijo, así que le sorprendió ver que salían de la ciudad y se dirigían hacia una zona más residencial. Cuando también dejaron esta atrás y empezaron a ver granjas de caballos, Ariella se inclinó hacia delante y preguntó:

–¿Adónde me lleva?

–A Sutter's Way, señora. Ya casi hemos llegado.

Ariella tragó saliva y volvió a echarse hacia atrás. Sutter's Way era una preciosa mansión antigua, construida por la familia Hearst en el apogeo de su riqueza y de su influencia. No sabía a quién pertenecía en esos momentos.

El coche atravesó por fin unas altas puertas de hierro forjado y avanzó por un camino de grava para detenerse ante la elegante casa. Cuando Ariella salió, los tacones se le hundieron entre las piedras y ella se estiró la falda del recatado vestido azul marino que había escogido para la ocasión.

Simon bajó las escaleras dando saltos y se acercó a ella.

–Siento haberla traído hasta aquí, pero me he imaginado que preferiría tener intimidad.

Ariella se preparó para recibir un abrazo o un beso, y se reprendió a sí misma al ver que el príncipe le tendía la mano. Tenía que estar volviéndose loca para pensar que un príncipe iba a besarla.

Él estaba todavía más guapo con el primer botón de la camisa desabrochado y unos pantalones de pinzas. Estaba bronceado y despeinado. Aunque eso diese igual. Para ella era solo un cliente en potencia, y muy influyente, además.

–Últimamente estoy paranoica con la prensa. Aparece en los lugares más inesperados. No sé en qué situación esperan encontrarme.

¿Tal vez besándose con un príncipe inglés?

Ariella tragó saliva. Su imaginación le estaba jugando una mala pasada. Lo más probable era que Simon solo quisiese que le diese algunas ideas acerca de cómo conseguir dinero para su organización.

Él le hizo un gesto para que entrase en la casa.

–Yo he aprendido a la fuerza que los fotógrafos están dispuestos a seguirte a todas partes, así que lo mejor es hacer solo actividades que no te importe que publiquen.

Su sonrisa era contagiosa.

–¿Será ese el motivo por el que me da miedo hasta cambiarme de peinado?

–No permita que la asusten. De todos modos, tengo la sensación de que está llevando a la prensa como una profesional.

–Tal vez lo lleve en la sangre –dijo ella sin pensarlo.

–Sin duda. Estoy seguro de que su padre también está impresionado.

–Mi padre es... era un buen hombre llamado Dale Winthrop. Él fue quien me crió. Sigo sin acostumbrarme a que la gente diga que el presidente Morrow es mi padre. Si no hubiese sido por la prensa, en estos momentos ni siquiera conocería mi existencia.

Entraron en una luminosa habitación en la que los esperaba un desayuno que olía deliciosamente. Él le ofreció una silla y Ariella tuvo la extraña sensación de que... la cuidaban.

–Sírvase lo que quiera. La casa es nuestra por el momento. Ni siquiera está el personal de servicio, así que no tiene que preocuparse de que nos oigan.

–Estupendo –respondió ella, tomando un panecillo y sin saber qué más hacer.

–Así que se ha enterado de quién es su padre biológico gracias a la prensa. Tal vez no sean tan malos, después de todo –comentó Simon mirándola de forma cariñosa.

–¿Que no? Ha sido una pesadilla. Antes de que se supiese la noticia, era una persona tranquila, que llevaba una vida muy sencilla –respondió Ariella, cortando el panecillo por la mitad y untándolo de mantequilla.

–Me sorprende que no haya decidido hacer una película o escribir un libro.

–A lo mejor lo haría si tuviese algo que contar –dijo ella riéndose.

¿Cómo era posible que le resultase tan fácil hablar con un príncipe extranjero? Estaba más relajada hablando de aquel tema con él que con sus amigas.

–La situación me sorprendió a mí tanto como a todo el mundo. Siempre supe que era adoptada, pero nunca tuve interés en encontrar a mis padres biológicos.

–¿Y qué piensan del tema sus padres adoptivos?

A Ariella se le encogió el corazón.

–Fallecieron hace cuatro años. En un accidente de avión. Iban a la fiesta de cumpleaños de un amigo.

Todavía no era capaz de hablar del tema sin emocionarse.

–Lo siento mucho –le respondió él, mirándola con preocupación–. ¿Cree que habrían querido que conociese a sus padres biológicos?

Ariella frunció el ceño.

–¿Sabe qué? ¿Que creo que sí?

Suspiró.

–Si estuviesen aquí podría pedirles consejo.

Mi madre siempre sabía qué hacer en las situaciones más complicadas.

–A mí me parece una buena oportunidad para conocer a unos padres nuevos. No podrán reemplazar a los que la criaron, por supuesto, eso sería imposible, pero sí podrían ayudarla a llenar ese vacío que han dejado en su vida.

Su comprensión la conmovió. Sabía que su madre también había fallecido de manera súbita y trágica cuando el príncipe era un niño.

–Es una manera muy bonita de verlo, pero, por el momento, ninguno de los dos parece querer tener contacto conmigo.

–¿Todavía no los conoce? –preguntó él sorprendido.

Ariella negó con la cabeza.

–El despacho del presidente todavía no ha hecho ninguna declaración oficial, aunque han dejado de negar que sea hija suya desde que los resultados de las pruebas de ADN se hicieron públicos –le contó ella suspirando–. Y mi madre... ¿Me promete que me guardará el secreto?

–Por supuesto –le respondió muy serio.

–Mi madre biológica se niega a salir a la luz. Me ha escrito una carta y yo se lo agradezco, pero lo que me dice es, sobre todo, que no quiere hacer ninguna declaración pública. Ahora vive en Irlanda.

–¿De verdad? –preguntó él sonriendo–. Tendrá que cruzar el Atlántico para ir a conocerla.

–No me ha invitado –admitió Ariella, ya sin ganas de comerse el panecillo que se le estaba enfriando en la mano–. Y la comprendo. Es normal que no quiera formar parte de este circo.

–Ya, pero fue ella la que tuvo una aventura con el presidente. Aunque supongo que, por aquel entonces, todavía no lo era.

–No, solo era un joven alto y guapo. He visto fotografías suyas en televisión, como todo el mundo –le contó, sonriendo con tristeza–. Mi madre me dijo en la carta que no le contó que estaba embarazada porque él se marchaba a la universidad y no quería estropear lo que sabía que sería una brillante carrera.

–En eso acertó –comentó Simon, sirviéndole café–. Tal vez necesite tiempo para acostumbrarse a la situación. Apuesto a que, en realidad, se muere por conocerla.

–Yo estoy aprendiendo a no esperar ya nada de nadie. Así no me llevo decepciones.

–No obstante, es mejor no volverse paranoico. No es bueno. Yo intento dar por hecho que todo el mundo tiene buenas intenciones, hasta que me demuestran lo contrario.

Su expresión la hizo reír. Ariella supuso que le demostraban lo contrario con frecuencia, pero eso no le hacía perder el sueño.

No supo qué pensar de las intenciones de Simon. Tenía la sensación de que no la había invitado a ir allí para organizar una fiesta, pero no podía preguntárselo directamente. Tal vez solo quisiera enseñarla a lidiar con su inoportuna fama.

–Entonces, ¿debo pensar que todo el mundo

que se me acerca puede ser un amigo en potencia, aunque intente hacerme una fotografía comprando el pan?

–En la medida de lo posible. Al menos, así no sacarán una mala imagen suya y no se meterá en líos por romperles la cámara –comentó él, hablando en serio y en broma al mismo tiempo.

–Desde que su hermano mayor se casó, se ha especulado en la prensa acerca de su vida amorosa, pero no han salido noticias al respecto. ¿Cómo hace para mantener en secreto su vida privada?

Ariella se arrepintió de haberle hecho aquella pregunta nada más formularla, pero, al mismo tiempo, sentía curiosidad por conocer la respuesta. ¿Estaría saliendo con alguien?

–Solo hay que ser astuto.

Los ojos le brillaron. Eran del color del whisky, y también estaban empezando a tener un efecto embriagador en Ariella. No se había afeitado y ella se preguntó cómo sería pasar la mano por su rostro. Aquel era el Simon al que no conocía el público, y la había invitado a entrar en su exclusivo universo.

A ella se le había acelerado el pulso y se dio cuenta de que todavía tenía el panecillo en la mano. Lo dejó en el plato y, en su lugar, dio un sorbo del zumo de naranja que tenía delante. Eso la tranquilizó.

–Supongo que yo también debo volverme más astuta. Aunque debe de ser de gran ayuda tener amigos con fincas como esta –dijo sonriendo–. Supongo que tiene un jardín precioso.

–¿Quiere verlo? Porque no tengo la sensación de que esté muy hambrienta.

–Me encantaría dar un paseo –respondió ella, presa de la adrenalina–. Tal vez tenga más hambre después de respirar un poco de aire fresco.

–Yo ya he salido a correr esta mañana. Y solo he ido acompañado de dos guardaespaldas –le contó él, levantándose y acercándose a apartarle la silla.

A Ariella le volvió a gustar el detalle. Había esperado que, como príncipe, fuese más... arrogante.

–¿Y dónde están ahora?

–Fuera, comprobando el perímetro. Mantendrán una discreta distancia con nosotros.

–Ah.

Ariella miró a su alrededor, casi esperando ver a alguien escondido en un rincón. Simon abrió las puertas de cristal y salieron a un patio con vistas a una rosaleda. El aire olía a rosas.

–Ha escogido el momento perfecto para invitarme a venir. Están todas en su máximo esplendor.

–Es junio. Una época mágica.

Bajaron unas escaleras y se acercaron a las flores blancas, amarillas, rosas claras. Su aroma no tenía nada que ver con el de aquellas que Ariella utilizaba en ocasiones para sus fiestas. Se empapó de él y notó que le bajaba la presión arterial.

–Qué bonito. Debe de hacer falta todo un ejército de jardineros para conseguir semejante perfección.

–Sin duda.

Ella lo miró y volvió a pensar que era muy alto. Medía alrededor de un metro noventa. La camisa se le pegó a los hombros cuando se inclinó sobre un rosal de flores rosas. Se sacó algo del bolsillo y cortó una de ellas, luego le quitó las espinas.

–¿Lleva una navaja?

–Fui boy scout –respondió él, ofreciéndole la flor.

Sus dedos la rozaron y Ariella sintió un escalofrío. Enterró la nariz en la flor y se preguntó cómo era posible que se sintiese atraída por un príncipe británico. ¿No era su vida lo suficientemente complicada ya?

–Está muy callada –le dijo él en voz baja.

–Tengo la costumbre de pensar demasiado –respondió ella levantando la vista.

El sol de la mañana marcaba los rasgos del rostro de Simon y hacía que le brillasen los ojos.

–Eso no siempre es bueno –comentó él sonriendo–. Será mejor que sigamos paseando.

Le puso la mano en la curva de la espalda y Ariella sintió deseo. ¡La cosa iba cada vez peor!

Apretó el paso para separarse de su mano y, además, para huir de su propia imaginación, que ya estaba jugando con la idea de besarlo.

–Creo que últimamente he trabajado demasiado –comentó.

–En ese caso, tiene que tomarse un respiro –le aconsejó él, como si fuese tan fácil.

–No puedo bajarme de la noria e irme un par de semanas de vacaciones.

–Toda la prensa iría también –dijo Simon–. Debe ser cuidadosa con sus apariciones públicas. Es mejor que no la fotografíen haciendo topless en Las Vegas.

Ariella se echó a reír.

–De eso no hay peligro. Aunque parezca extraño, no he estado nunca allí.

–¿No se ha casado de un día para otro?

–Afortunadamente, no. En caso contrario, mi marido estaría en estos momentos escribiendo una biografía acerca de mí.

–¿Existe esa posibilidad? ¿Piensa que alguna persona de su pasado podría revelar algo que no quiera que se sepa?

Simon la estaba interrogando acerca de su vida amorosa de manera muy sutil.

–No –respondió ella sin dudarlo–. Y es una suerte. Tengo un pasado muy aburrido. Antes me daba vergüenza confesarlo, pero en estos momentos es un gran alivio.

–Pero un poco monótono, ¿no?

–En ocasiones, eso es bueno.

–¿Incluso en el negocio de la organización de eventos?

–Sí. Créame, lo aburrido y lo elegante van muchas veces de la mano, sobre todo, cuando uno está rodeado de escándalos.

–Umm. A mí me parece una pena, organizar tantas fiestas y no disfrutar de ellas. Supongo que a mí me pasa algo parecido. Mi familia se enfada conmigo porque no me limito a inaugurar grandes almacenes y a bautizar barcos, pero necesito subir montañas y atravesar desiertos. Legitimo mis aventuras a través de las obras benéficas, pero lo cierto es que lo haría de todos modos, porque me gusta. Tal vez lo que usted necesita es una aventura.

–No, gracias. Le aseguro que eso es lo último que necesito. Soy una persona muy aburrida. Me conformo con una taza de té y una revista de moda.

–No me lo creo –le dijo él, volviendo a tocarle la espalda, solo un segundo, mientras bajaban unas escaleras de piedra.

Ariella volvió a estremecerse y se le encogió el estómago. Hacía mucho tiempo que no se había sentido así.

–Se lo aseguro –añadió–. Lo único que necesito es recuperar la vida normal y corriente que llevaba antes de todo esto.

Simon se detuvo y tomó sus manos.

–Pues eso no va a ocurrir.

Capítulo Dos

Simon tuvo que hacer un enorme esfuerzo de autocontrol para no besar los labios rosados y suaves de Ariella, pero lo consiguió. Sus años de formación, junto a las amenazas veladas de los miembros mayores de la familia le habían enseñado a manejar aquel tipo de situaciones con la cabeza y no con otras partes más primitivas y entusiastas de su cuerpo.

No quería estropearlo todo, ni espantarla. Algo le decía que Ariella Winthrop no era como las demás. Y su intuición raramente lo traicionaba.

Había algo en ella que lo emocionaba. No podía explicarlo ni ponerle nombre, pero tenía la certeza de que haberla conocido le iba a cambiar la vida.

Incluso consiguió soltarle las manos, muy a su pesar, y girarse hacia un macizo de azaleas.

–La realidad es que su vida ha cambiado para siempre –le dijo, girándose para comprobar que Ariella lo seguía–. Le guste o no, ahora es una figura pública.

Eso hacía que tuviesen un vínculo y sus años de experiencia podían ayudarla a avanzar por el campo de minas en el que se había convertido su vida.

–Pero yo sigo siendo la misma de siempre. La gente no puede esperar que, de repente, permita que todo el mundo se inmiscuya en mi vida privada.

–No, ya no es la misma. No sabía que el presidente era su padre, ¿verdad?

–La noticia me sorprendió tanto como a él. Jamás se me habría ocurrido pensarlo. Ahora todo el mundo dice que nos parecemos. Es una locura. Yo no siento que tenga nada que ver con él.

Simon estudió su bonito rostro. Sus rasgos eran clásicos, elegantes, y se veían realzados por una personalidad extrovertida.

–Es cierto, se parece bastante a él. Tienen las mismas facciones y algo en sus ojos es similar.

Ella suspiró exasperada.

–Se lo está imaginando. O me está intentando hacer sentir mejor, pero no está funcionando. Es verdad que quiero conocerlo porque tenemos los mismos genes, pero estoy segura de que nunca sentiré por él lo que sentía por el hombre que me crió.

–Por supuesto que no –dijo Simon, frunciendo el ceño. Había preocupación en los ojos verdes de Ariella–. Nadie espera que lo haga.

–Voy a sentirme como me dé la gana –protestó Ariella–. Los periodistas me hablan como si debiese alegrarme de ser la hija del presidente Morrow. Es tan popular y tiene tanto éxito que tengo que estar feliz por formar parte de su árbol genealógico, pero yo preferiría ser la hija de un hombre bueno al que pudiese conocer, y no de alguien esculpido en piedra a quien todo el mundo admira. Es exasperante.

Él se echó a reír.

–Tal vez no sea tan esculpido en piedra como piensa. A veces la gente espera que los miembros de la familia real se comporten como estatuas, pero, créame, también tenemos sentimientos. Y estos pueden ser muy inapropiados.

Como en esos momentos, en los que deseaba abrazar a aquella mujer tan bella y atormentada.

Volvió a controlarse. Había aprendido a fingir ser una estatua de piedra cuando la ocasión lo requería.

–Yo creo que lo que quiere la prensa es destrozarme la vida. Es como si estuviesen esperando a que cometa un error, o me venga abajo y me ponga a llorar. Debe de fastidiarles mucho que sea tan aburrida.

La brisa matutina le pegó la fina tela del vestido al cuerpo y Simon deseó no ser un caballero.

–No es en absoluto aburrida.

–¿Por qué estamos hablando de mí? Es un rollo –dijo Ariella–. ¿No me había invitado para que hablásemos de la organización de una fiesta?

Simon frunció el ceño. ¿Era esa la excusa que había utilizado? Solo había querido conocerla mejor. No obstante, era buena idea. Quería dar a conocer World Connect en los Estados Unidos y conseguir nuevos donantes.

–¿Puede ayudarme a organizar un evento benéfico para World Connect? No hemos celebrado ninguno a este lado del Atlántico.

–Por supuesto.

A Ariella se le iluminó el rostro y Simon vio que volvía a respirar aliviada.

–Nos dedicamos a organizar galas. Podemos darle una lista de personas que suelen apoyar este tipo de causas. Por suerte, hay muchas en Washington.

–Eso suena muy bien. Y tampoco descartaría a aquellas personas que solo piensan en las deducciones fiscales.

Ariella sonrió.

–Suelen ser las más generosas. ¿Dónde le gustaría celebrar la gala?

Él fingió pensarlo.

–En algún sitio… grande.

Le resultaba difícil pensar con aquellos enormes ojos verdes mirándolo tan fijamente.

–Seguro que encuentra el lugar adecuado.

–El Smithsonian podría estar bien. Tiene muchas posibilidades. Escoja una fecha y haré un par de llamadas.

–¿Una fecha? –repitió él, tomando aire–. ¿Qué me sugiere?

A él le parecía que una fecha lejana en el tiempo estaría bien, porque así tendría muchas excusas para reunirse con ella en repetidas ocasiones.

–El verano no es la época ideal porque muchas personas se marchan a la playa. Yo recomendaría esperar hasta el otoño o el invierno. Cuando los días son más cortos a la gente le apetece vestirse de fiesta y salir hasta tarde.

–Entonces, lo dejaremos para noviembre o diciembre. La fecha que a usted le convenga.

Aquello era perfecto. Cinco o seis meses reuniéndose con ella sería suficiente para…

¿Para qué? ¿Qué era exactamente lo que pretendía con ella?

Por una vez no estaba seguro. Lo único que sabía era que quería tenerla cerca. Escuchar su voz. Tocarla…

–Mi socia, Scarlet, tiene una lista de lugares y tiene muy buena relación con sus dueños. Hablaremos con ella. También hay que averiguar qué más hay organizado para esa semana, para que no coincidan dos eventos similares la misma noche.

–Por supuesto –dijo Simon, apartando la mano, que se estaba acercando demasiado a la de ella. Tenía que controlarse si no quería que Ariella le mandase a su socia–. Confío plenamente en su experiencia. Yo suelo recaudar fondos haciendo llamadas y pidiendo dinero directamente.

–¿Y funciona? –preguntó ella en tono de broma.

–Sorprendentemente, sí.

–Pues creo que es mucho más barato que dar una fiesta.

–¿Y toda la diversión que me pierdo? Además, World Connect no es una organización conocida en Estados Unidos, necesito darla a conocer.

Ariella dejó de andar.
–Tengo una idea.
–¿Sí?
–¿Qué tal un concierto al aire libre?
–¿En pleno invierno? –preguntó él.
Tal vez se había perdido parte de la conversación porque estaba demasiado concentrado en el modo en que el vestido se le ceñía a las caderas.
–¡No! –respondió ella riéndose–. Habría que hacerlo en septiembre u octubre. El tiempo suele ser muy agradable en esa época. Los conciertos atraen a gente más diversa y se consigue el mismo dinero con la venta de entradas.
–Con un poco de suerte, algunos grupos tocarán gratis y todos los beneficios serán para World Connect.
Simon se dio cuenta de que Ariella estaba emocionada, y eso le subió a él también la adrenalina.
–Tengo un amigo que es agente musical –continuó ella–, así que estoy segura de que puede conseguirme grupos interesantes.
–¿Qué le parecería incluir grupos de África? Podría hablar con amigos de allí y ver si alguno quiere participar. Me alegro mucho de haberla invitado hoy a desayunar.
Volvió a desear tomar su mano, pero se la metió en el bolsillo. Estaban andando por un camino que rodeaba la pista de tenis.
–Casi no puedo creer que tuviese la suerte de conocerla.

–No fue suerte –dijo ella sonriendo–. Vino directo a mí.

–Me gusta hacer que las cosas ocurran, y no quedarme a esperar sentado.

–Creo que yo también debería adoptar esa actitud a partir de ahora.

–Siga siendo como es y no se preocupe por la prensa ni por nadie más. No permita que esos cerdos la machaquen.

–Apuesto a que no diría eso delante de ningún periodista.

–No. Así que, me corrijo, siga siendo como es, pero no deje que lo vean todo de usted. Estoy seguro de que es capaz de hacerlo.

Ella se encogió de hombros.

–En realidad, no tengo elección.

–En cierto modo, es más fácil así –le dijo él, poniendo un brazo alrededor de sus hombros y sintiendo un delicioso calor en el torso.

Se arrepintió del gesto al ver que ella se apartaba y sacudió la cabeza con frustración.

Sabía que, a pesar de parecer tranquila, Ariella estaba nerviosa y asustadiza en esos momentos.

No había sido fácil convencerla de ir allí y no quería ponerla todavía más nerviosa.

Su olor delicado y femenino lo invadió.

–Un jardín es su telón de fondo ideal.

La luz del sol hacía brillar su pelo oscuro e iluminaba sus ojos.

Hasta los pájaros de los árboles cercanos parecían hipnotizados por su belleza.

–Pues no es un lugar en el que haya pasado mucho tiempo.

–¿Creció en la ciudad?

–No, en un pequeño pueblo de Montana, pero mis padres no tenían un jardín así. Solo el césped, una valla de madera y una caseta de perro. No había camelias en las que hundir la nariz, ni árboles a cuya sombra pararse.

–El presidente también es de Montana, ¿no?

–Sí, por eso me encontraron los periodistas. Fueron a grabar un programa acerca de su niñez y decidieron pinchar un teléfono. Así se enteraron de que mi madre, que había salido con Ted Morrow en el instituto, se había quedado embarazada y no se lo había dicho.

Simon se enfadó al oír aquello. Ya conocía la historia. ¿Y quién no? Llevaba meses en la prensa. Y dado que estaba allí para firmar un tratado entre los Estados Unidos y el Reino Unido, para castigar a aquellos que habían violado la privacidad de otras personas, quería saber más detalles.

–¿Ha seguido la historia en la prensa? Angelica Pierce, la periodista de ANS culpable de las escuchas, va a entrar en la cárcel. O eso dicen. Se espera que le caigan entre dos y cinco años.

–Lo sé. Y todo el mundo piensa que debería estar encantada, pero lo cierto es que me da pena. Resulta que Graham Boyle, el anterior dueño de ANS, es su padre biológico y no ha querido conocerla nunca. No sé si ella pretendía impresionarlo o arruinarle la vida, pero es evidente que esa mujer necesita ayuda. Tengo entendido que, ahora que ambos están en la cárcel, han empezado a escribirse. Espero que cuando salgan puedan tener una mejor relación.

–En comparación con todo eso, cualquier otra situación parece normal, incluso descubrir que tu padre es presidente.

–Supongo que tiene razón. Además, yo tuve una niñez completamente normal.

El sol brilló en su pelo, estaba tan guapa... Ninguna de las fotografías que habían salido en los periódicos le hacía justicia.

–¿Le gustó crecer en Montana?

–Por supuesto. No conocía otra cosa. Pensaba que todo el mundo iba a la tienda en bicicleta, con el perro metido en la cesta, o a pescar los domingos. A veces, echo de menos esa vida tan sencilla.

–¿De verdad?

Simon se dio cuenta de que Ariella estaba empezando a relajarse un poco.

–Solo un poco –añadió ella sonriendo–. Me encanta el ajetreo de Washington. Supongo que ahora mismo, prefiero ser una chica de ciudad a hacer travesías por la selva.

–¿No puede ser ambas cosas?

–Supongo que podría. Pero llevo tres o cuatro años tan ocupada que casi no puedo ni dormir hasta tarde los fines de semana, así que de estar en sintonía con la naturaleza ya ni hablamos.

–La gestión del tiempo es muy importante cuando uno está en el punto de mira.

–¡Otra vez! Me niego a creer que vaya a pasar el resto de mi vida en esta situación –dijo ella en tono de broma.

Simon se encogió de hombros.

–Nunca se sabe. A lo mejor el presidente pierde las elecciones dentro de tres años y todo el mundo se olvida de usted.

–Eh, ¡que está hablando de mi padre!

Él se echó a reír.

–¿Ve? Ya se siente vinculada a él.

–Admito que he pensado mucho en la posibilidad de conocerlo. A él, y a mi madre, pero estoy muy nerviosa.

Simon se encogió de hombros.

–¿Qué tiene que perder?

–¿Y si los odio?

Simon sonrió.

–Pues ya está. Es peor no conocerlos.

–No lo sé –dijo Ariella respirando hondo y echando a andar por el camino.

Él se mantuvo a su lado e intentó no mirar cómo se balanceaban sus caderas. De repente, Ariella se giró hacia él.

–¿Y si yo los adoro, pero no les caigo bien?

–Eso es imposible.

–¿Cómo lo sabe?

–Porque es la clase de hija que cualquier padre querría tener. El universo parece estar empujándolos hacia usted. Arriésguese, viva peligrosamente.

–Creo que ese es más su lema que el mío –le dijo–. Mi vida consiste en reducir las posibilidades de que algo salga mal, ser cauta y estar lo mejor preparada posible. Supongo que forma parte de mi trabajo.

–En ese caso, es el momento de cambiar –le aconsejó él.

Estaba demasiado preocupada por hacer algo mal, por su reputación y por los medios de comunicación.

A él le habría encantado poder hacer que pensase en cosas mucho más interesantes, como la sensación que provocaban sus labios al tocar los de ella, o las manos de ambos en el cuerpo del otro.

Cada vez tenía más ganas de besarla y Simon no sabía qué habría hecho si no hubiese sido por la disciplina que había ido adquiriendo a lo largo de los años. Hasta su mirada lo estaba volviendo medio loco.

Pero Ariella se había apartado cuando le había puesto el brazo sobre los hombros, y eso le indicaba que debía ser cauto. Tendría que ir muy despacio con ella.

–Tal vez tenga razón –dijo Ariella, sorprendiéndolo.

–¿Se ha decidido a conocerlos?

–Voy a reunirme con mi padre en televisión y, con respecto a mi madre, no lo sé. En realidad, su situación es todavía más complicada que la mía. Me abandonó y no le habló de mi existencia a mi padre. Así que tiene motivos para esconderse.

Sus ojos se llenaron de emoción.

–Estoy segura de que muchas personas criticarían sus decisiones, independientemente de los motivos por las que los tomó.

Inhaló y la expresión de sus ojos se tornó misteriosa.

–Y mi padre ni siquiera sabía que era padre. Estaba tan feliz, sin ninguna responsabilidad salvo la política, hasta que ha descubierto que tenía una hija. Supongo que debió de quedarse de piedra.

–Me pregunto si se querían.

Ni siquiera sabía si sus padres lo habían hecho. Habían sido demasiadas las fuerzas que los habían obligado a unirse, para separarlos después.

–Según los medios, sí. Tenían un amor adolescente.

–A lo mejor usted consigue volver a unirlos.

–¡Es peor que los periodistas! O eso, o es un romántico empedernido.

–Más bien lo último.

Ariella levantó la barbilla y lo miró. Debió de sospechar que, más que un romántico, era un listo que quería llevársela a la cama.

–¿Y cómo es que no tiene novia? Su hermano salió toda la vida con la misma mujer y ahora están casados.

Simon se encogió de hombros.

–No he tenido tanta suerte como él.

–O eso, o se ha dedicado más bien a escalar montañas –comentó Ariella, arqueando una delicada ceja.

Él se echó a reír.

–Eso también. Es difícil encontrar mujeres encantadoras e inteligentes en lo alto de las montañas.

–Eso es que no ha escalado las adecuadas.

Ariella se dio la vuelta, en esa ocasión de manera coqueta, y echó a andar.

Simon la deseó todavía más. La siguió hasta una zona de césped dividida por macizos de lavanda, salvia y orégano. Ella se inclinó sobre una planta de romero y hundió la nariz en ella.

Cómo no, la atención de Simon se centró en el modo en que el vestido se le ceñía a la curva del trasero y en sus piernas.

Aquello lo alarmó. La atracción sexual solía ir acompañada de algún tipo de peligro. Todas las chicas a las que les había dado un beso en la mejilla habían sido inmediatamente investigadas por los medios de comunicación. Y la idea de acostarse con ellas era impensable, salvo que pudiese mantenerse el máximo secretismo.

Así que, en circunstancias normales, cuando quería besar, o acostarse con una mujer bella y fascinante, tenía que decirse a sí mismo que no.

En las pocas ocasiones en las que las estrellas se alineaban y conseguía hacerlo, el momento era bastante mágico.

De hecho, a lo largo de los años hasta había conseguido tener varias relaciones, y había tenido la suerte de estar con mujeres que habían resultado ser muy discretas.

Había vuelto a ocurrirle, estaba seguro de lo

que quería en ese momento, subir cualquier montaña con tal de besar a Ariella Winthrop.

–La veo más relajada –comentó.

Ella lo miró de manera un tanto provocadora.

–Me siento mucho mejor. No sé muy bien por qué.

–Porque está hablando conmigo, por supuesto. Y respirar algo de aire fresco tampoco le hace ningún mal. Debería venir a visitar el castillo de Whist. Es mi casa en Inglaterra, donde me olvido de todo.

Y el lugar perfecto para un encuentro amoroso con la máxima privacidad.

Ariella abrió mucho los ojos.

–No. No puedo –respondió, y luego se echó a reír–. Solo está siendo educado. Siempre me dicen que me lo tomo todo demasiado en serio.

–No la he invitado solo por educación. Podríamos planear allí la gala. De hecho, voy a tener que insistir.

–¿Y cómo va a hacerlo? –le preguntó ella, cruzándose de brazos, lo que hizo que Simon se fijase en sus pechos.

–A lo mejor hago que los guardias de palacio la rapten y la metan en un avión. Es primitivo y moderno al mismo tiempo.

–Tal vez funcione en Europa, pero en Estados Unidos no se puede hacer algo así. Por menos de eso han empezado guerras –le dijo ella sonriendo.

Simon se llevó un dedo a los labios.

–Umm. Supongo que tiene razón. Además, es la hija del presidente. Tendré que recurrir a algún método más ingenioso. Tal vez una invitación grabada a mano.

–Me temo que soy la reina de ese tipo de invitaciones. A estas alturas, he debido de enviar más de un millón. Va a necesitar mucho más para impresionarme.

Él dio un paso al frente, le descruzó los brazos y tomó una de sus manos. Tenía los dedos fríos, pero él se los calentó.

–¿Qué es exactamente lo que haría falta?

Vio que a Ariella se le dilataban las pupilas un instante. Luego, se aferró al bolso que llevaba colgado del hombro y echó a andar.

–Me temo que no puedo ir. Estamos organizando muchos eventos en estos momentos y tengo la agenda llena.

Estaba intentando huir de él, cosa que lo alentó todavía más. Caminó despacio para no asustarla más.

–Qué pena. Aunque lo entiendo. Estoy seguro de que podemos planear la gala quedando a comer o a cenar aquí en Washington. Por cierto, ¿retomamos el desayuno? Seguro que los panecillos siguen estando deliciosos y podemos preparar más café.

–Por supuesto.

–¿Dónde has estado? Llevo toda la mañana intentando hablar contigo –le dijo Scarlet por teléfono mientras Ariella se dejaba caer en el sofá de su casa.

Acababa de llegar de pasar la mañana con Simon y se sentía aturdida.

–Tenemos que tomar una decisión acerca de los platos de la cena de los DiVosta antes de las cuatro para que puedan encargar las langostas y los centollos.

Ariella respiró hondo y se alegró de que su socia y amiga no pudiese verla en esos momentos. Estaba toda colorada y con los ojos brillantes de la emoción.

–Lo siento. He perdido... la noción del tiempo.

Al menos eso era verdad.

–Pensé que nos habíamos decidido ya.

–Quiero que tomes tú la decisión final.

–Pues ya está, los centollos –dijo, incorporándose, tenía mucho que hacer–. ¿Han llegado ya los manteles de Bali? He llamado varias veces a DHL y ni siquiera saben de qué les estoy hablando.

–Sí, están aquí. Y ha merecido la pena la espera, porque son preciosos. A lo mejor acabo haciéndome un vestido con uno de ellos. He encargado las cajas de Dom Perignon. El mayordomo me ha asegurado que las va a guardar bajo llave para asegurarse de que no se las bebe nadie antes de tiempo. Eh, ¿sigues ahí?

–Sí. Aquí estoy.

Aunque no podía evitar estar pensando en Simon. ¿Podía no contarle a su amiga lo ocurrido con él?

–Acabo de desayunar con Simon Worth.

–¿Que acabas de desayunar? Si son casi las tres –dijo su amiga, a la que el hecho de que fuese un príncipe no la impresionó. Estaba acostumbrada a moverse en esos círculos.

–Tenemos mucho de qué hablar.

–Francesca me ha contado que se te acercó anoche –comentó Scarlet intrigada–. Tenéis mucho en común. Ambos descendéis de jefes de estado, los dos habéis perdido a vuestra madre en circunstancias trágicas y ambos estáis solteros. Si me lo cuentas todo muy rápidamente me dará tiempo a encargar los centollos antes de las cuatro.

Ariella se echó a reír.

–No hay mucho que contar. Ya has hecho el resumen tú. Hemos hablado de casi todo eso, menos de que ambos estamos solteros.

–Pero os habéis besado.

–No.

Eso la había decepcionado.

Se había preparado para que el príncipe la besase, dado que la había acompañado hasta casa en el coche, pero él se había limitado a tomar sus manos, mirarla a los ojos y decirle adiós.

–Solo hemos hablado. Creo que va a volver a Inglaterra a finales de semana. Ha venido a Washington a firmar un pacto internacional para impedir que los periodistas empleen medios ilegales para investigar.

–Debe de estar locamente enamorado de ti –le dijo.

–No digas tonterías –respondió Ariella, sin poder evitar que se le encogiese el estómago–. ¿Por qué iba a interesarse por mí?

–Porque eres inteligente, bella y fascinante. Y ahora que tu padre es el presidente de los Estados Unidos, podrías ser candidata a princesa. ¿Te imaginas? Sería la primera boda real de DC Affairs. ¿Qué te parece el jardín de la Casa Blanca para la recepción? Yo lo decoraría todo en tonos plata y marfil, y pondría copas con pequeñas coronas grabadas.

–Qué imaginación tienes. Debe de ser el amor, lo que te está trastornando.

–Tienes razón. Supongo que Simon tendrá que casarse en Inglaterra, en el palacio de Buckingham. Ya te imagino envuelta en metros y metros de encaje y tul…

–¡Para! Te lo ordeno –le dijo Ariella con ganas de echarse a reír–. Ya tengo bastantes problemas como para empezar una relación con un príncipe.

–No sé –respondió Scarlet suspirando–. Yo pienso que a casi todas las mujeres les gustaría tener un problema así.

–Pues a mí no. Es verdad que la idea de vivir en un castillo, ir vestida siempre de diseño y pasarte el día de banquete en banquete suena bien…

–Y no te olvides de tener un unicornio.

–Pero la realidad es muy diferente y consiste en sonreír en ceremonias y ante los fotógrafos, e intentar que saquen una imagen digna de ti en bikini.

–Es cierto. Además, la reina impone mucho. No sé si querría tenerla como suegra.

–¿Ves? Ser novia de un príncipe es demasiado complicado. Cuando el presidente deje de serlo, yo recuperaré mi vida.

–Solo te quedan ocho años –le dijo su amiga–. No te lo vas a creer. O tal vez sí. Escucha este titular: «El príncipe Simon prolonga su estancia en Washington». Te he dicho que estaba enamorado.

–De eso nada. Lo que ocurre es que quiere que le organicemos una gala para su organización benéfica.

–¡Estupendo! Estoy deseando poner su nombre en nuestra lista de clientes.

–Sabía que dirías eso –contestó Ariella sonriendo. Luego frunció el ceño–. Le he comentado la posibilidad de celebrar un concierto al aire libre, y pronto. Sé que sería mucho trabajo.

–¿Trabajo? Nos encanta trabajar –dijo Scarlet contenta–. ¿Habéis hablado de fechas?

–Es flexible, así que podemos elegir aquella en la que el lugar esté disponible. Cuanta más publicidad, mejor.

Era muy extraño, buscaba publicidad en el trabajo y huía de ella en su vida privada.

–Tengo que irme al gimnasio –añadió.

–¿Para qué? Estás perfecta.

«Para quemar adrenalina».

–Me da energía. Y tal y como va el negocio, voy a necesitarla.

–Bueno, pues enhorabuena por el nuevo cliente. Ve a hacer unas pesas y nos vemos mañana.

Seis meses antes, Ariella se habría ido a correr

por el parque. En esos momentos, con la prensa pegada a sus talones, tenía que entrenar en un gimnasio de alta seguridad, rodeada de políticos. Casi todos llevaban cascos y estaban centrados en sus objetivos físicos, así que la dejaban en paz. Una paz de la que había disfrutado poco en los últimos tiempos.

Y, para colmo, Simon Worth había decidido quedarse en Washington.

Capítulo Tres

¿Cómo le pedía un príncipe salir a una chica? A Ariella le costó dormirse haciéndose aquella pregunta. Los días en que un mensajero llevaba invitaciones escritas con pluma de ganso habían quedado atrás. ¿Enviaría correos electrónicos Su Majestad? ¿Serían seguros los teléfonos después de que hubiesen salido a la luz tantas escuchas?

Ariella se maldijo por estar haciéndose aquellas preguntas. Si Simon volvía a llamarla sería solo para que quedasen a planear la fiesta. Eso, si todavía quería celebrarla. Era probable que no quisiera volver a verla, después de que hubiese rechazado su invitación de ir a Inglaterra. Tal vez fuese lo mejor, ya que lo último que necesitaba ella era más emoción en su vida.

Encontró la respuesta a su pregunta cuando lo vio aparecer en la puerta de su casa, sin ningún disfraz y sin previo aviso.

–Hola –lo saludó Ariella, después de unos segundos de silencio–. ¿Quiere entrar?

–Gracias –respondió él.

Ariella miró nerviosa a su alrededor. Por suerte, era una fanática de la limpieza y acababa de recoger la colada. Era sábado al mediodía y todavía no había decidido si iba a pasar la tarde en un museo o en un mercadillo. Por eso iba vestida con vaqueros y una camiseta sin mangas. Además, no había esperado que un príncipe pasase por allí.

–Tiene una casa muy bonita.

–Gracias. Solo tengo el piso de abajo, se lo alquilo a la pareja que vive arriba, pero cada uno tiene su entrada. Me gusta.

Ariella se dio cuenta de que estaba volviéndose a liar. El príncipe solo había pretendido ser educado. Su casa era pequeña y estaba decorada de manera un tanto excéntrica.

–Siéntese. ¿Cómo ha sabido que estaría aquí?

–No lo sabía –admitió él, instalándose en un sofá de dos plazas de color crema–. ¿Vive sola?

–Sí. Tengo un horario muy raro y, cuando llego a casa, necesito dormir. Así que he intentado compartir piso, pero nunca ha funcionado.

–Entonces, ¿todas estas cosas tan interesantes son suyas? –le preguntó él, tomando un pequeño telescopio de latón del siglo XIX.

–Me temo que sí. Ya ve que me encanta coleccionar cosas interesantes.

Él abrió el aparato con pericia y lo dirigió a la ventana, después, la miró a los ojos. A Ariella se le cortó la respiración un instante. ¿Cómo era posible que aquel hombre la afectase de tal manera? Estaba acostumbrada a tratar con personas ricas y famosas y siempre lo hacía con normalidad, sin pensar en todo el dinero que tenían en el banco. Había trabajado con personas de la realeza sueca, monegasca y saudí, entre otras, y nunca le había dado importancia a su supuesta sangre azul. No obstante, cuando estaba cerca de Simon Worth se sentía aturdida y le costaba hablar.

–Veo que tiene buen gusto. He crecido rodeado de arte y no he tenido que esforzarme en conseguirlo, pero tengo la sensación de que ha hecho el mismo trabajo que trescientos años de coleccionistas.

Tomó una figura pintada a mano de una dama con su caniche.

–Es una monada, ¿verdad? Me la regaló una clienta inglesa para darme las gracias por haber organizado su boda en Maryland. En cierto modo, supongo que la he robado del patrimonio de su país.

–Quizás solo esté viajando –comentó él sonriendo–. Los objetos pueden ser inquietos, como las personas.

Ariella se echó a reír.

–A veces me pregunto lo que sienten cuando los compran, venden o regalan. Sé que los objetos no tienen sentimientos, pero tienen que llevar energía de las personas y lugares en los que han estado antes.

–Algunos lugares tienen alma, como mi casa, el palacio de Whist –le contó él, inclinándose hacia delante, con los ojos brillantes–. Y si un lugar puede tenerla, ¿por qué no un objeto también?

–Me alegra que no piense que estoy loca. Me gusta encontrar pequeños tesoros. De hecho, había pensado pasar la tarde en el mercado de artesanía.

–Podríamos ir juntos –comentó Simon tan tranquilo, como si no fuese la idea más disparatada que se le hubiese ocurrido nunca.

–Pero si nos ven juntos… hablarán.

–¿De qué?

De repente, Ariella se sintió como una tonta por haber sugerido que la gente podría pensar que tenían una relación. Era evidente que eso era imposible. ¿Qué iba a hacer con ella un príncipe británico?

–Estoy paranoica otra vez. Supongo que pienso que tengo más interés para la prensa del que tengo en realidad.

–Si alguien pregunta, podemos decir que me está ayudando a encontrar objetos interesantes para una subasta que estamos organizando.

–¿En el concierto al aire libre?

–Tal vez para una fiesta del té, con sombreros y todo –dijo él sonriendo–. La gente piensa que los británicos somos unos excéntricos. En realidad, no creo que haga falta una explicación razonable.

–En ese caso, vamos.

–¿Hay alguna otra salida? –preguntó Simon, que ya se había puesto en pie y le estaba ofreciendo la mano.

–¿Aparte de la puerta principal?

Él asintió.

–Me temo que me han visto llegar.

–¿El tipo bajito de la coleta?

–El mismo.

–Puf. Es *free lance* y les ha vendido fotografías

mías al menos a tres periódicos distintos. En una salía con las bolsas de la compra, y consiguió sobornar a la cajera para que le dijese todo lo que había comprado y compartirlo con el mundo entero. No, no hay ninguna otra salida. Me temo que va a tener que quedarse aquí eternamente.

Le dio la mano y dejó que la ayudase a ponerse en pie.

A Simon no pareció asustarle la historia del fotógrafo, ni la idea de tener que pasar el resto de su vida en aquel apartamento.

–Saldremos por separado para que no pueda fotografiarnos juntos. Espere cinco minutos y dé la vuelta a la manzana. Un Mercedes azul la recogerá delante del restaurante Mixto.

–Dios santo, me siento como si estuviese en una película de James Bond.

Ariella pensó que el príncipe debía de tener aquello preparado, y eso la emocionó y la alarmó al mismo tiempo.

–No se preocupe. Tengo años de experiencia evitando a esos pesados. Ya hasta lo considero un reto entretenido.

–Me apunto. ¿Qué debo llevar?

–Solo su presencia.

Simon salió por la puerta y ella corrió a la ventana, desde donde lo vio subirse a un todoterreno gris, que arrancó y desapareció. Pasó un par de minutos arreglándose el pelo y la cara y se puso una camisa ligera y unas botas. Después salió de casa en dirección contraria a la que había tomado el todoterreno y se dirigió hacia el restaurante con naturalidad. Ni siquiera miró al fotógrafo que había apostado muy cerca de su casa.

Simon tenía razón. Mientras no los viesen juntos, no habría fotografía que vender. Todo el mundo sabía que él estaba en Washington. Y todo el mundo estaba cansado de ver fotografías de ella yendo del trabajo a casa y de casa al trabajo.

La sensación fue de triunfo al girar la esquina y ver el Mercedes azul. La puerta trasera se abrió y dentro estaba Simon. Ariella se sentó a su lado y se alejaron de allí. Ella tenía el corazón acelerado, no sabía si era por el subterfugio, o porque tenía a Simon muy cerca otra vez.

–No la ha seguido.

–No. No suele hacerlo. Me parece que es demasiado vago. Hace un par de fotografías cada día con la esperanza de poder venderlas.

Como lo tenía muy cerca, Ariella se dio cuenta de que iba sin afeitar. Se preguntó cómo sería pasar la mano por su mejilla y notó que se le cortaba la respiración. Miró por la ventanilla.

–Vamos en dirección contraria al mercado –comentó.

–Mi chófer conoce varias tiendas de antigüedades en Maryland. Allí estaremos más tranquilos y los fotógrafos no nos molestarán.

Ella se preguntó si aquello era una cita. Tenía esa sensación. No habían hablado en ningún momento del concierto que tenía que organizar. Y, por parte del príncipe, no era precisamente profesional presentarse en su casa sin avisar.

–¿Acostumbra a hacer estas cosas?

Él la miró de reojo.

–La verdad es que no.

Ella se preguntó si eso significaba que era especial, y si Simon había prolongado su viaje para poder verla más. Entonces se reprendió por ser tan ingenua. Lo mejor sería intentar mantener una conversación profesional.

–Le he contado a Scarlet sus planes para la gala y va a empezar a buscar el sitio. ¿Qué tal sus demás esfuerzos de recaudación?

–Qué cambio de tema tan brusco –comentó él en tono de broma–. Tengo que confesar que no he avanzado mucho. Cada vez que intento hablar de la educación en África la gente me pregunta por mi última expedición. Me temo que no soy capaz de resistirme a hablar de las montañas.

–Tiene que hacer que su causa sea más sexy –le aconsejó Ariella, sintiendo calor nada más decir aquella palabra.

Él arqueó una ceja.

–¿Sexy? ¿Y cómo lo hago?

–Tiene que pensar en las características de su organización que hacen que la gente se sienta bien consigo misma. Por ejemplo, con el cáncer de mama, los lazos rosas hacen que la gente piense en la recuperación. Y eso les hace sacar más la cartera que un discurso acerca de la enfermedad. El lazo no tiene nada que ver con el cáncer, pero hace que la gente apoye la causa.

Él la miró con el ceño fruncido.

–¿Piensa que debería cambiar la imagen de la organización?

–En realidad, no lo sé. ¿Tiene algún logotipo o imagen?

–No. Solo ponemos el nombre en azul sobre un fondo blanco. Estoy empezando a entender lo que quiere decir.

–¿Y qué es lo que más lo emociona de lo que hace la organización?

Él se puso serio y miró al frente, luego, se giró hacia ella.

–Que, gracias a la tecnología, hacemos que la gente forme parte del mundo y se haga oír.

–Eso es sexy. Y las grandes empresas tecnológicas son un buen objetivo para la gala. Debería hablar su idioma. ¿Qué tal asumir un lema como «Únete a la conversación», para invitar a todo el mundo a formar parte del futuro que imagina?

Él la miró fijamente.

–Me gusta cómo piensa.

Ella se encogió de hombros.

–Me paso el día proponiendo este tipo de ideas.

–No tenía ni idea de que organizar fiestas fuese tan complicado. Pensé que solo consistía en elegir servilletas e imprimir invitaciones.

–Esa es la parte fácil. Lo difícil es conseguir que cada evento sea diferente de los demás. En su caso, la gente esperará que un príncipe organice una elegante cena privada, así que el concierto los sorprenderá. Y tiene el sentido de inclusión social de su organización. Además de recaudar fondos con la venta de entradas, conseguiremos que se hable del tema y eso generará más donaciones.

Él seguía mirándola.

–¿Dónde había estado toda mi vida?

Ella esbozó una sonrisa.

–Lea los periódicos. En ellos puede encontrar más cosas de mi pasado de las que yo misma recuerdo.

Simon se echó a reír.

–Sé cómo se siente. Y pienso que tenemos mucho en común.

Ariella se preguntó cómo podía sentirse tan cómoda hablando con un miembro de una de las monarquías más importantes de Europa. Tal vez ayudase el hecho de no haberse dejado impresionar nunca por la realeza.

–Por eso he aparecido ahora en su vida, para ayudarla –añadió.

–Ha sido el destino –dijo ella, tragando saliva.

No. Solo iban a pasar una tarde juntos admirando antigüedades. Organizarían el concierto para que se hablase de World Connect. Y después él volvería a Inglaterra y ella continuaría con su vida.

¿Y qué pasaba con la química que había entre ambos en esos momentos? ¿Qué pasaba con el modo en que le ardía la piel cuando lo tenía cerca o con cómo se le encogía el estómago cuando la miraba?

Todo eso lo iba a ignorar. Lo mismo que él. Ninguno iba a hacer nada de lo que pudiese arrepentirse después. Ambos eran adultos y demasiado sensatos.

Menos mal.

***

El chófer los llevó a un pequeño pueblo llamado Danes Mills, donde aparcaron detrás de un restaurante que Ariella pensó que se parecía a un pub inglés. La calle principal estaba llena de tiendas de antigüedades, y también había una tienda de regalos y una librería. Simon la ayudó a salir del coche mientras el chófer sujetaba la puerta. Todo era muy formal y majestuoso y ella se sintió como una princesa. Pero no lo era.

La gente se giró a mirarlos. Ariella no supo si se había imaginado los murmullos. Sabía que era guapa, pero no tanto como para llamar la atención. De hecho, se consideraba una chica castaña normal y corriente, que no sobresalía entre la multitud. Debían de estar mirándolo a él, aunque no fuese demasiado conocido, tal vez lo mirasen por el mismo motivo por el que lo hacía ella, porque era guapo y tenía una sonrisa capaz de derretir un iceberg.

En la primera tienda estuvieron viendo cuadros y dibujos antiguos que necesitaban, todos, una restauración. En la segunda, Ariella se quedó fascinada con un grupo de cajas de rapé. Le encantaba abrirlas y descubrir que seguían oliendo a tabaco.

–¿Cuál es su favorita?

–No estoy segura. La de plata tiene un grabado muy delicado, y me encantan los colores de la esmaltada, pero creo que la negra es la mejor.

La tomó. Ni siquiera sabía de qué estaba hecha, probablemente de algo sin importancia, como papel maché. Tenía un dibujo de una niña bajo un árbol que debía de haber sido pintado con un pincel muy pequeño.

Simon se la quitó de las manos, cosa que la sorprendió. Y su sorpresa aumentó al ver que se la daba al dueño de la tienda y la pagaba. Esperó a que la envolviese y la metiese en una bolsa, y luego se la tendió.

–Para usted.

–No pretendía que la comprara.

–Lo sé, pero quería hacerlo.

–Creo que es la primera vez que un hombre me regala una caja de tabaco –comentó ella en voz baja, para que el dueño de la tienda no pensase que había algo entre ellos.

–Al menos, no podrá acusarme de ser como los demás.

Y volvió a sonreír de aquella manera tan contagiosa. Ariella sonrió también. Aquel regalo no significaba nada. No era muy caro, era solo un gesto tierno.

–Me he fijado en que le gustan las pinturas en miniatura –añadió Simon–. He visto varias en su piso.

Le abrió la puerta de la tienda y salieron a la luz del sol.

–Es cierto. Es un mundo perfecto en un microcosmos. Y solo lo puede disfrutar una persona. Tal vez sea lo contrario a mis fiestas, en las que todo el mundo tiene que divertirse a la vez.

–No para de darme perspectivas nuevas de cosas que daba por sentadas –le dijo él–. El chófer, David, me ha dicho que hay un parque aquí cerca. ¿Qué tal si llevamos algo de comida y hacemos un picnic?

–Me parece una idea estupenda.

Fue una suerte que accediera porque David ya había ido a comprar la comida. El coche estaba lleno de bolsas y una nevera portátil recién comprada con bebida. Ariella estaba tan acostumbrada a organizar comidas de ensueño para otras personas que le resultó extraño que otra persona lo hiciese para ella. Lo único que tenía que hacer era disfrutar.

David los llevó al parque y los dejó junto a la orilla de un río. Extendió un bonito mantel en el suelo y sacó las bolsas.

Ariella se sentó en el mantel y Simon le sirvió una copa de champán.

–Creo que nunca me habían mimado tanto.

Se sirvieron una ensalada templada de tortellini, y otra de repollo, zanahoria y remolacha.

–Se lo merece. Ha estado bajo mucha presión últimamente y necesita relajarse.

Ella suspiró y ambos bebieron el champán que, cómo no, era excelente.

–¿Su vida siempre es así?

–Qué más quisiera –dijo él, volviendo a sonreír de aquella manera–. Mi vida suele ser mucho más prosaica.

El chófer había desaparecido con toda discreción y se habían quedado a solas junto al río, cuya orilla estaba toda salpicada de flores amarillas.

–Solía desear que mi vida volviese a la normalidad, pero, si esta es la nueva normalidad, no me quejo –le dijo, mirándolo fijamente–. Y pretendo conocer a mis padres biológicos. Es una oportunidad demasiado grande como para desaprovecharla. Tengo miedo, cómo no, pero merece la pena correr el riesgo.

–Estupendo. Me alegra que haya llegado a esa conclusión. ¿Ha conseguido contactar con su madre?

–Le he escrito, pero todavía no tengo noticias suyas. Es muy raro, no saber ni siquiera cómo es físicamente. Solo he visto una foto suya de adolescente, del año que se quedó embarazada de mí.

–¿Y cómo era entonces?

–Joven, dulce, yo diría que tímida. Y llevaba un peinado horrible. Al fin y al cabo, eran los años ochenta.

Simon se echó a reír.

–Apuesto a que está mucho más nerviosa que usted.

–Tiene motivos. Es la única a la que se puede acusar de haber hecho algo malo. Dice que no le contó a mi padre que estaba embarazada para que él no dejase de ir a la universidad, pero podía haber permitido que él tomase la decisión que tuviese que tomar. Al fin y al cabo, si ha conseguido ser presidente de los Estados Unidos, supongo que habría sido capaz de mantener una familia y estudiar al mismo tiempo.

–Tiene razón. Aunque yo me quedaría destrozado si me enterase de que había dejado embarazada a una chica y ella no me lo hubiese contado.

Ariella abrió mucho los ojos. La sinceridad de Simon la sorprendía. Ni siquiera había levantado la vista de su plato y estaba comiéndose la ensalada.

–¿Es algo que lo preocupe? Quiero decir, que un hijo suyo estaría en la línea de sucesión al trono.

–He oído eso cientos de veces a lo largo de los años. Mi abuela, la reina, preferiría que no saliésemos con ninguna mujer. Si pudiese, nos casaría a todos por interés con veinte años.

–¿Han intentado emparejarlo con alguien?

–Lo hacen continuamente –admitió él sonriendo–. No hacen más que buscar vírgenes de sangre azul e invitarlas a palacio a tomar el té.

–Pero, por el momento, ninguna ha llamado su atención.

–Lo cierto es que varias han llamado mi atención –respondió Simon riéndose–, pero me temo que no como a mi abuela le gustaría. Por suerte, no he dejado a ninguna embarazada.

–Me sorprende.

–¿Por qué? ¿No piensa que un príncipe puede tener sentimientos, como cualquier otro hombre?

–Bueno... –empezó ella, mordiéndose el labio inferior–. Por supuesto que sí, es solo que...

–¿Le sorprende que hable así del tema, en vez de andarme con sutilezas? –dijo Simon arqueando una ceja y volviendo a sonreír–. Mi familia odia que sea tan directo. Y yo no soporto andarme por las ramas. Ya tengo que hacerlo bastante cuando estoy en público, así que en privado prefiero decir lo que pienso. No se sorprenda tanto.

–Estoy intentando no hacerlo –dijo ella sonriendo.

Su candor era refrescante. Era muy distinta a como se la había imaginado. Era encantadora y fascinante, y le estaba costando mucho mantenerse fría con él.

–¿Cómo es que estamos hablando de mí? –añadió Simon–. Le había preguntado por su madre. Dijo que vivía en Irlanda, ¿verdad?

–Cuando me escribió, puso un apartado de correos de Kilkenney, Irlanda. Supongo que para que nadie sepa dónde vive. No le he contado a nadie que me ha escrito, salvo a mis mejores amigas. Le he contestado que me gustaría conocerla y que estoy dispuesta a viajar a Irlanda si es necesario.

–¿Y cómo va a hacerlo sin que la prensa la siga?

–Soy muy astuta cuando hace falta –respondió ella, sonriendo de manera misteriosa–. Siempre es buena idea ir a ver sitios para la organización de una gran boda, o lo que sea.

–Su profesión se presta a los viajes internacionales. Yo estoy obligado a viajar sobre todo por los países de la Commonwealth.

–¿Los que formaban parte del imperio británico?

–Exacto. Es una suerte que entre ellos haya países tan interesantes –admitió Simon sonriendo como un niño–. ¿Y cómo fue a parar su madre a Irlanda? Pensé que era de Montana.

–Lo cierto es que no lo sé. Supongo que conoció a un irlandés después de darme en adopción. Espero enterarme de los detalles cuando nos conozcamos.

–Estoy seguro de que la ha echado de menos más de lo que piensa.

Ella suspiró.

–No lo sé. Tal vez tenga otros hijos. No me lo ha dicho. Ni tampoco ha dicho que quiera conocerme.

–La pondrá nerviosa la posibilidad de que usted no quiera conocerla a ella. Al fin y al cabo, la abandonó.

–Le he dicho en mi carta que no le guardo rencor y que tuve una niñez muy feliz. También le he escrito que para mí sería muy importante conocerla.

–¿Y ha respondido?

–Todavía no –respondió Ariella, estremeciéndose y dejando su plato–. ¿Y si no lo hace?

Simon sonrió.

–Lo hará. Estoy seguro.

–¿Es vidente? –le preguntó ella, bebiendo champán–. Ojalá yo pudiese tener tanta confianza en mí misma.

–La tiene, pero todavía no lo sabe –respondió Simon, bebiendo también el champán–. Vamos a ver cómo está el agua.

Se levantó y se acercó a la orilla del río, que a esa altura llevaba muy poco caudal. Antes de que a Ariella le hubiese dado tiempo a seguirlo, se había quitado los zapatos y se había remangado los pantalones para meter los pies en el agua.

–Fría.

–¿De verdad? Debe de haber algún manantial subterráneo.

Hacía calor y Ariella también quería refrescarse. Se sentó en la orilla, a su lado, y se quitó los zapatos. Los vaqueros eran estrechos, así que casi no pudo levantárselos, pero no obstante metió los dedos de los pies en el agua.

–Ah, qué bien.

Poco a poco, metió los pies bajo la superficie. El frío del agua contrastaba con el calor que le producía la intimidad que había entre ambos, aumentado por el champán. Su hombro rozó el de él y entonces notó que la agarraba por la cintura. Fue un gesto tan natural como el chapoteo del agua contra sus tobillos.

Su torso la tocó también y Ariella tuvo la sensación de que cada vez estaban más cerca. Su olor rico, masculino, invadió todos sus sentidos. Vio la barba clara de su barbilla, el brillo de sus ojos castaños, y después no vio nada más porque cerró los ojos y lo besó.

Capítulo Cuatro

La luz del sol lo deslumbró cuando abrió los ojos. Había tenido que hacer un enorme esfuerzo para dejar de besar a Ariella y todavía tenía su sabor, prohibido y delicioso, en la lengua. Estaba preciosa, allí sentada a la orilla del río, con los ojos oscuros del deseo y las perneras de los pantalones vaqueros completamente mojadas.

–No deberíamos haber hecho eso –dijo ella con voz casi inaudible.

–Siento diferir –respondió él, que quería hacer mucho más con aquella encantadora mujer. Le acarició el largo pelo moreno–. Sobre todo, porque pienso que no teníamos elección.

–Siempre se tiene elección –lo contradijo Ariella, arqueando una ceja y apartándose de él.

–Supongo que, en teoría, sí, pero hay cosas que son irresistibles.

Entre ellas estaban sus labios, y Simon volvió a inclinarse hacia ellos, pero, en esa ocasión, Ariella dudó.

–Simon, no me parece sensato.

–¿Por qué no?

–Porque…a tu abuela le horrorizaría.

–Tonterías –respondió él, acariciándole el pelo.

Ella se puso ligeramente tensa, como si quisiera resistirse, pero lo estaba mirando con deseo.

–Estoy seguro de que le encantarías –añadió él.

En esos momentos no quería pensar en la reina. No quería pensar en nadie que no fuese Ariella, ya lo haría después.

Y ella podía haberse puesto en pie si no quisiera que volviese a besarla, pero no lo había hecho.

Simon esperó a que fuese ella la que diese el primer paso, y lo hizo. Levantó los labios hacia él y lo besó apasionadamente. Cuando terminaron, lo había dejado casi sin aliento.

–Vaya –dijo ella, ruborizada–. No he podido evitarlo.

–¿Ves? En ocasiones, no tienes elección.

El deseo lo estaba aturdiendo, porque no había bebido tanto champán. Acarició el brazo de Ariella y deseó poder hacer lo mismo con otras partes de su cuerpo, pero tendría que resistirse… por el momento.

–A veces hay que dejarse llevar por fuerzas sobrehumanas.

–Tú no eres humano, eres un príncipe –le dijo ella, guiñándole un ojo.

A Simon le encantaba que Ariella fuese tan natural con él, que no se sintiese intimidada.

–Hasta la realeza es presa de los caprichos de la pasión –comentó, pasando un dedo por su mejilla–. Aunque en ocasiones sea inadecuado.

Ella miró a su alrededor con nerviosismo.

–Espero que no haya fotógrafos escondidos detrás de los arbustos.

–He aprendido a ir a lugares que jamás se les ocurren. ¿Qué haría un hombre con una enorme finca en un parque?

–Refrescarse en el río –respondió ella, tocando los delicados pétalos de una flor.

Simon deseó que lo acariciase a él.

–Por eso vengo, pero ellos no piensan así. Esperan que vaya a restaurantes caros y a elegantes fiestas. Eso también lo hago, cómo no, es mi trabajo, pero me he vuelto experto en hacer cosas inesperadas en mi tiempo libre. Cuando viajo, dejo que mi chófer busque espacios naturales. Es mucho más fácil soportar interminables reuniones cuando sabes que hay un paseo en kayak esperándote a la salida.

–Muy inteligente y, además, te mantiene en forma.

–Y cuerdo. Todo lo cuerdo que puedo estar –dijo él sonriendo.

En esos momentos no estaba pensando precisamente con claridad.

Quería hacer muchas cosas nada sensatas con una chica que ya estaba en el ojo público y que no encajaría en la idea que la reina tenía de lo que era la consorte ideal.

Pero nadie, ni siquiera la reina, iba a impedirle que se acostase con la encantadora Ariella.

–Será mejor que volvamos a Washington. La semana que viene voy a tener mucho trabajo.

Simon volvió a notar que Ariella se alejaba de

él. Por ese día, no podía esperar más. El tiempo que habían pasado juntos le había confirmado sus sospechas de que no era una mujer normal. Tendría paciencia y esperaría a conseguirla.

–Yo también tengo cosas que hacer. Como voy a quedarme más tiempo en Washington, quiero asegurarme de que lo aprovecho bien.

Volvieron al lugar en el que habían comido.

–Será mejor que piense con quién quiero comer y cenar mientras estoy aquí, aparte de contigo, por supuesto.

Ella se mordió el labio mientras recogían los restos de comida.

Simon se dio cuenta de que seguía teniendo dudas y le costó controlarse cuando lo único que quería era llevársela a la cama.

En su lugar, la ayudó a subir al coche y la dejó discretamente a dos manzanas de su casa. Desde allí, Ariella se fue andando sola, con la barbilla levantada, retando a cualquiera que quisiese meterse en su vida.

Simon se dejó caer sobre el respaldo de cuero del coche y suspiró.

Ariella Winthrop tenía algo especial. Intentó distraerse con el teléfono móvil, que había tenido apagado todo el día. Un mensaje de su hermano pequeño, Henry, le pareció la diversión perfecta, así que marcó su número.

–¿De verdad vas a quedarte allí otra semana? –preguntó Henry con incredulidad.

–Como poco, y tengo motivos –respondió él sonriendo.

–Deja que lo adivine, tiene las piernas largas y una sonrisa dentuda.

Simon subió la pantalla que lo separaba del chófer.

–No tiene los dientes grandes –respondió, pensando en la bonita boca de Ariella.

–Lo sabía.

–No tienes ni idea. Estoy aquí para recaudar fondos para World Connect. Vamos a organizar un concierto aquí, en Washington.

–Estupendo, pero estoy seguro de que ella tiene algo que ver.

–Es posible.

Henry se echó a reír.

–Que no se entere la abuela.

–¿Por qué no? –preguntó Simon.

–Porque no quiere que salgas con nadie con quien no te vayas a casar. Ya tiene tu boda planeada para cuando vuelvas.

–No pienso casarme –protestó él.

–Antes o después tendrás que hacerlo. Eres el siguiente.

–¿Por qué no te preocupas de tu propia vida amorosa, en vez de hacerlo de la mía? Supongo que tengo suerte de que tus escándalos desvíen la atención de mi vida.

–Por eso necesito que te cases, para que vuelvan a centrarse en ti una temporada. ¿Por qué no los haces felices y así yo puedo seguir divirtiéndome?

–Tal vez. He conocido a alguien que podría ser la persona adecuada.

–No me lo creo.
–¿Acaso suelo bromear?
–Sí.
–Entonces, supongo que es broma.
–¿Es estadounidense?
–Es ni más ni menos que la recientemente descubierta hija del presidente, Ariella. Es especial.
–Ni lo pienses.
–Me temo que he ido mucho más allá –comentó Simon sonriendo al recordar su beso.
–La abuela va a necesitar tranquilizantes. ¿Y te imaginas la reacción del tío Derek?
–Prefiero no hacerlo –admitió Simon sacudiendo la cabeza.
Al hermano de su madre le encantaba entrometerse en los asuntos de los demás e intentar poner obstáculos por todas partes.
–Si hubiese nacido en la familia real no tendría que esforzarse tanto en ser más regio que el resto de nosotros.
–Serás consciente de que no puedes casarte con una estadounidense.
–¿Por qué no? En el pasado casi siempre nos casábamos con las familias reales de otros países.
–Exacto. Con otras familias reales. Necesitas una princesa sueca, monegasca o española.
–Yo diría que la hija del presidente de los Estados Unidos pertenece a la realeza estadounidense.
Henry se echó a reír.

–Durante cuatro años, tal vez ocho, pero no creo que nuestra abuela lo vea así.

–Estoy seguro de que, cuando la conozca, le encantará Ariella.

¿Y a quién no? Además, en su experiencia, las personas solían superar sus prejuicios si se les daba la oportunidad.

–La cosa parece seria. Y, cuando a ti se te mete algo en la cabeza, eres muy testarudo.

–No soy testarudo, solo hago lo que pienso que es lo correcto.

Henry volvió a reírse.

–Pues hazlo. Solo espero que la pobre Ariella sepa dónde se está metiendo.

Ariella estaba intentando untar mantequilla en una tostada mientras leía los mensajes de su teléfono. Tenía siete seguidos de Scarlet, que debían de haber llegado mientras ella estaba en el gimnasio. Dejó el cuchillo y marcó el número de su amiga.

–No te lo vas a creer –le dijo Scarlet entusiasmada.

–Dime.

Últimamente le estaban ocurriendo muchas cosas que no se podía creer. Cada vez que pensaba en el beso se emocionaba y se arrepentía al mismo tiempo. ¿Qué habían hecho?

–Nos han pedido que hagamos una propuesta para la boda del duque de Buckingham. ¡En Inglaterra!

–Eso es estupendo –respondió Ariella, empezando a pensar en cómo compaginar el viaje con la visita a su madre en Irlanda.

–¿Podrías emocionarte un poco más?

–Lo estoy, de verdad.

–Ya sabes que estamos intentando ampliar nuestro negocio a Europa. Este será nuestro quinto evento allí. Yo diría que va a ser todo un hito. Y ahora que has intimado con la realeza, tenemos muchas posibilidades de conseguir organizar la boda.

–No irás a decir nada de mí, ¿verdad? –preguntó Ariella preocupada.

–¿Por qué no? ¿Es que hay algo que sea secreto? –susurró Scarlet.

Y Ariella se preguntó si podía mentir a su amiga y socia. Respiró hondo.

–Lo he besado.

–Oh, Dios mío. ¿Te has besado con el príncipe Simon?

Ariella empezó a pasearse por su apartamento para intentar mantener la calma.

–Todavía no me puedo creer que haya ocurrido, pero sí. ¿Me prometes que no se lo contarás a nadie?

–Mis labios están sellados. Entonces, ¿hay… algo entre vosotros?

–No lo sé, pero vamos a cenar juntos mañana.

El corazón se le aceleró solo de pensarlo. Le daba miedo pensar qué podía pasar.

–Estás saliendo con un príncipe. Es una pena

que no pueda hacer un comunicado de prensa al respecto. ¿Te imaginas lo que aumentaría nuestro caché si la gente supiese que eres casi una princesa?

–¡Para ya! No soy nadie y, además, voy a llegar tarde al trabajo.

–Vas a ir a Londres a conseguir la boda.

–De acuerdo. ¿Te importa si me termino la tostada y hablamos cuando llegue al despacho?

–Ah, está bien. Vas a hacerme esperar para conocer los detalles. Eres muy cruel. Te veo en un rato.

Ariella colgó el teléfono e intentó distraerse untando más mantequilla. Solo le gustaba la mantequilla de verdad, pero le fastidiaba tener que esperar a que se derritiese para poder untarla bien. Abrió el tarro de su mermelada de albaricoque favorita y el teléfono volvió a sonar. Y todavía no eran ni las ocho y cuarto de la mañana.

Miró la pantalla. Increíble.

–¿Dígame? –respondió con el ceño fruncido.

–¿Ariella?

No reconoció la voz. Sonaba muy distante.

–Sí, soy Ariella.

–Ah, hola.

–¿Quién es? –preguntó ella con impaciencia.

–Soy tu... Soy Eleanor. Eleanor Daly.

Su madre. A Ariella se le cortó la respiración y dejó caer el cuchillo que tenía en la mano.

–Me alegro de que me hayas llamado. Y muchas gracias por la carta. No sabes lo mucho que significa para mí.

–Quise saber de ti cuando eras niña, pero me dijeron que no era buena idea que intentase ponerme en contacto contigo. Tampoco quisieron decirme quién te había adoptado. No he dejado de pensar nunca en ti.

A Ariella se le encogió el pecho de la emoción.

–Yo siempre he querido conocerte. ¿Podemos vernos? –le preguntó ella enseguida, por miedo a que se cortase la comunicación, que no era muy buena.

–Vivo en Irlanda.

Ariella intentó organizar sus ideas rápidamente.

–Pronto tendré que ir a Inglaterra por trabajo. ¿Te parecería bien que fuese a verte a Irlanda? –le preguntó sin pensarlo, y luego le dio pánico que Eleanor le contestase que no.

¿Por qué pensaba en ella como Eleanor, y no como su madre? Porque, en realidad, no era su madre, la que la había criado y a la que echaba de menos todos los días. No obstante, quería conocerla.

Esta respondió después de una pausa.

–Vivo en una zona rural alejada de todo. Tal vez podría ir yo a verte a Inglaterra cuando estés allí.

–Me encantaría –admitió Ariella contenta–. Todavía no sé las fechas exactas. ¿Necesitas saberlo con antelación?

–No es necesario. Estoy viuda y trabajo cuidando niños, así que, en realidad, no tengo grandes compromisos –le contó Eleanor que, de repente, parecía más relajada.

–Estoy deseando conocerte. No es justo que no sepa ni siquiera cómo eres físicamente. Tú has visto fotografías mías en los periódicos.

Eleanor se echó a reír.

–Me temo que debo de tener el aspecto de la típica ama de casa irlandesa. Llevo viviendo en Irlanda desde el año después de… tenerte. Y no he vuelto a Estados Unidos desde entonces. Solo quería huir de todo. De ti, de Ted y del lío en el que me había metido.

–Me alegro mucho de que me escribieras.

–Me costó hacerlo. Sabía que tenía que ponerme en contacto contigo y no sabía cómo. Tenía miedo. Tengo miedo. Sé que todo el mundo piensa que tomé decisiones equivocadas y…

–Tomaste las decisiones que tenías que tomar. Y nadie te culpa por ello.

–No ha habido un día que no haya pensado en ti y me haya preguntado qué estarías haciendo.

–Tuve una niñez estupenda.

Ariella no se podía creer que por fin pudiese estar teniendo aquella conversación.

–Me alegro –dijo Eleanor con voz llorosa–. Me he preocupado mucho por ti. He intentado imaginarme que estaban cuidando de ti y que eras feliz.

–Podría llevarte fotografías, si quieres. A mi padre le encantaba la fotografía y tengo muchísimas, demasiadas.

Después se preguntó si había dicho algo inadecuado. Tal vez resultase doloroso para Eleanor ver cómo la habían criado otras personas.

–Me encantaría –respondió esta emocionada–. Te he echado tanto de menos... No he tenido más hijos. Eres la única.

Ariella no se podía creer que estuviese hablando con su madre después de tantos años. Tenía muchas preguntas dándole vueltas en la cabeza. Cosas que siempre había querido saber.

–¿Eres castaña?

–Sí, aunque ahora tengo que teñirme para tapar las canas. Tú tienes los ojos verdes, ¿verdad?

–¿Son tuyos? La gente siempre me lo pregunta. El verde no es un color de ojos habitual. Me pregunto qué más habré heredado de ti. Ojalá pudiese tomar un avión ahora mismo.

–Me alegra mucho poder conocerte después de tantos años. Me siento muy culpable por lo que ocurrió. El pobre Ted nunca supo que tenía una hija preciosa. Creo que jamás me lo perdonaré. ¿Tienes una buena relación con él?

Ariella dudó.

–Lo cierto es que todavía no lo conozco. Desde que es presidente está rodeado de seguridad y como nadie terminaba de creerse que fuese su hija hasta que no llegaron los resultados de las pruebas de ADN, supongo que la Casa Blanca no sabía qué hacer conmigo.

Estaba divagando.

–Además, me imagino que está muy ocupado dirigiendo el país –continuó–. E intentando solucionar el lío de Oriente Medio. Están pensando en enviar tropas.

–Ah, pensé que como ambos estabais en Washington…

Ariella se pasó una mano por el pelo e intentó no sentirse avergonzada.

–Vamos a conocernos pronto. ANS está preparando un especial televisado para que salgamos juntos.

–No quiero que le cuentes a nadie que nos vamos a ver, ¿de acuerdo? –le pidió Eleanor.

–Te prometo que no se lo diré a nadie. ¿Puedo llamarte alguna vez?

Ya había anotado el número por miedo a que la llamada se interrumpiese.

–Me encantaría.

Terminaron la comunicación entusiasmadas con la idea de conocerse. Después, Ariella se terminó la tostada y se fue al trabajo. Una vez allí, la recepcionista le dio un mensaje de Francesca, que quería hablar con ella del especial de ANS en el que se reuniría con su padre.

–Es una suerte que me motive tener tanto trabajo –se dijo a sí misma mientras abría la puerta del despacho.

Tenía que hacer muchas llamadas relativas a los eventos de esa semana, y no podía dejar de pensar en el encuentro con su madre, el programa de televisión con su padre y, por supuesto, la cena con Simon. Eran demasiadas cosas a la vez para que todas saliesen bien.

¿Cuál sería la primera en torcerse?

***

El día de la cena con Simon salió de trabajar temprano para que le diese tiempo a darse una ducha. Iba a hacerlo cuando se dio cuenta de que no tenía acondicionador para el pelo. Y no le apetecía ir a cenar con un príncipe con el pelo encrespado. Tendría que ir a la tienda que había al girar la esquina a comprarlo.

Se recogió el pelo y se puso unos vaqueros y una chaqueta. Ya no salía nunca de casa en pantalones cortos y camiseta porque sabía que siempre había fotógrafos esperándola.

Entró en la tienda y escogió un acondicionador normal y corriente, y fue a pagarlo. Al llegar a la caja vio en una revista el rostro de Simon. Por desgracia, a su lado había una joven rubia y muy maquillada que pegaba su mejilla a la de él.

–Dos con noventa y nueve –le dijo la cajera, haciéndola volver al presente.

Ella le dio un billete de veinte dólares.

–Quiero también esta revista –dijo con voz ronca–. Para buscar ideas.

Quería saber si había información acerca de cómo quería el duque de Buckingham que fuese su boda. Por supuesto.

Volvió corriendo a casa con la revista enrollada. No quería que la prensa la fotografiase con ella. Una vez dentro, cerró la puerta con llave y fue hasta la cocina. Casi le daba miedo volver a ver la portada. ¿Estaba celosa? Acababa de conocer a Simon. Seguro que él había salido con muchas mujeres, pero eso no tenía nada que ver con lo que sentía por ella.

Echó otro vistazo a la mujer de la portada. Tenía los ojos azules, muy maquillados. El titular decía: *¡El príncipe Simon comprometido!*

Ariella frunció el ceño. No podía estar enamorado de otra y haberla besado a ella. ¿O sí? Buscó el artículo completo, que consistía en dos párrafos acompañados de muchas más fotografías. Todas pertenecían al mismo evento deportivo, una carrera de caballos, y todas las mujeres llevaban enormes sombreros.

El artículo decía que lady Sophia Alnwick y el príncipe Simon ya habían contado a sus amigos que estaban comprometidos, y que la reina estaba encantada con el nuevo miembro de la familia.

¿Cómo era posible que no hubiese visto aquella noticia en los periódicos? El príncipe Simon no interesaba a la prensa tanto como su hermano mayor, que era el heredero al trono, pero, no obstante, salían noticias suyas con frecuencia. ¿Podría haberse inventado aquello la revista?

Aparte de la fotografía en la que aparecían mejilla con mejilla, en el resto no salían en actitud cariñosa, pero…

Se duchó y se vistió mucho menos contenta que antes de haber ido a la tienda. ¿Cómo podía sacar el tema con Simon sin dar la impresión de que estaba celosa y de que era una arpía? Por otra parte, no quería besar a un hombre que estuviese comprometido, aunque no fuese de manera oficial.

Cuando el chófer de Simon le abrió la puerta trasera del coche treinta minutos después, a Ariella le sorprendió ver el asiento vacío. ¿Había esperado realmente que el príncipe fuese a recogerla en persona? Era evidente que se le estaba subiendo el beso a la cabeza.

El coche atravesó las mejores calles de la ciudad. Ariella no sabía adónde iban, pero le dio vergüenza confesárselo al chófer, así que no lo preguntó.

Poco después se detenían delante de un edificio de fachada clásica. Era una edificación grande, impersonal, que parecía una embajada, o un bufete de abogados. Subió las escaleras que llevaban a la puerta y un hombre uniformado le dio las buenas noches. No había ni rastro de Simon todavía.

–Ariella –la llamó él desde un pasillo.

Y el calor de su cuerpo aumentó varios grados.

Simon se acercó y le dio un beso en los labios.

«¿Quién es Sophia Alnwick?», quiso preguntarle ella, pero supo que no era el momento. Deseó seguir besándolo, pero el portero del edificio debía de estar cerca, y tal vez hubiese alguien más. Y no quería que nadie se enterase de su romance clandestino.

¿Un romance? Aquello sonaba demasiado… sexual. Y no lo era. Al menos, todavía no.

–¿Dónde estamos?

–En un anexo del consulado. Nunca hay nadie por las noches, así que lo he requisado para poder recibirte, digamos, como en casa. Solo tendremos que fingir que estamos en el castillo de Whist, dado que no quieres hacerme el honor de venir a visitar mi verdadera casa.

Fingió poner expresión afligida y Ariella se echó a reír. Simon siempre conseguía quitar tensión a cualquier situación.

–Lo cierto es que es posible que tenga que organizar una fiesta en Inglaterra muy pronto.

Él tomó su mano y se la besó.

–En ese caso, a lo mejor hago que unos guardias te intercepten y te traigan a Whist –le dijo él en tono de broma.

–No serías capaz.

–¿Que no? –inquirió Simon arqueando una ceja–. Uno nunca sabe lo que es capaz de hacer en una determinada situación hasta que no tiene que enfrentarse a ella. Es algo que aprendí en el ejército. Solo puedes tener la esperanza de que vas a hacer lo que debes hacer.

–Hablando del tema, ¿estás comprometido? –le preguntó.

Ya lo había preguntado.

–¿Te refieres a si estoy ocupado? –dijo él, haciéndole un gesto para que entrase en una habitación.

Y ella se alegró de poder alejarse de aquel pasillo en el que retumbaba todo. Entraron en un gran salón, con cortinas de damasco y enormes sillones.

–Me refiero a que si vas a casarte –le aclaró Ariella con voz relativamente tranquila.

–Por supuesto que no.

–Te he visto en la portada de una revista.

Aquello no pareció ponerlo nervioso.

–¿Crees todo lo que lees en los periódicos?

Ella se ruborizó.

–No. Sobre todo, si es sobre mí –admitió sonriendo–. Tenía que haber sabido que no era verdad.

–Pero tenías que preguntármelo de todos modos –dijo Simon, retándola con la mirada.

–Sí –contestó ella, levantando la barbilla–. No beso a hombres que pertenecen a otra persona.

–Me alivia saberlo. Y me encanta que me lo hayas preguntado directamente. Odio que la gente se ande con rodeos. Eres un soplo de aire fresco.

–De eso no estoy segura. He tenido un día muy largo. Y acabo de enterarme de que el príncipe saudí, cuya boda llevamos meses planeando, exige que los hombres y las mujeres estén en salones separados.

–A veces los príncipes somos caros de mantener –comentó Simon sonriendo–. Aunque esa exigencia va a terminar con toda la diversión de la ocasión.

–Entonces, la reina no está encantada de que vayas a casarte con Sophia Alnwick, como dice la revista.

Él se encogió de hombros.

–Sospecho que a la reina le encantaría que me casase con Sophia, pero yo no pienso igual.

Ariella se echó a reír. Le encantaba su humor.

–Así que en palacio están intentando emparejarte con ella porque les parece adecuada como princesa.

–Sí –admitió él suspirando–. Tiene sangre azul, es guapa y no demasiado inteligente. Es perfecta.

–Pero a ti no te gusta.

–Prefiero a las mujeres inteligentes, aunque eso las haga más problemáticas –le dijo Simon sonriendo.

–Yo no puedo ser inteligente, si no, no estaría contigo mientras intento evitar llamar la atención de la prensa. Creo que eres el soltero de oro del mundo entero.

–Podían escribir de algo más interesante. Como del calentamiento global, por ejemplo.

–Eso es demasiado serio. Es más divertido leer acerca de la vida de un príncipe guapo. Sobre todo, cuando este besa a la mujer equivocada.

Simon cerró la puerta y se quedó delante de ella. Estaba serio.

–Me gustaría más besar a la mujer adecuada.

Ariella se sintió alarmada. Aquello se estaba volviendo demasiado profundo. Simon la estaba mirando fijamente a los ojos. A ella se le aceleró la respiración y sintió calor. Deseó volver a besarlo y apoyar las manos en su camisa. ¿Qué estaba haciendo allí?

Él bajó la vista a sus labios, que temblaban de deseo.

¿Cómo iba a terminar aquello? Para Simon no era más que una aventura y, cuando volviese a Inglaterra, empezaría a salir con alguna chica inglesa de buena familia. Ella no solía tener nada con hombres a los que no les veía futuro, y ese era el motivo por el que pasaba casi todos los sábados por la noche trabajando.

Había sentido celos de una mujer llamada Sophia a la que no conocía. Y, a decir verdad, seguía sintiéndolos porque la reina quería que Simon saliese con ella.

¿Qué tenía que ver la opinión de la reina de Inglaterra con su vida amorosa?

¿Acaso tenía vida amorosa?

Tenía la cabeza hecha un lío, pero su cuerpo lo tenía claro y no se movió. Simon se acercó hasta que sus labios la tocaron y Ariella sintió un estremecimiento de deseo que le hizo cerrar los ojos mientras se besaban.

¿Qué le estaba pasando? Era la chica sensata que siempre llevaba a casa a sus amigas después de una fiesta. No tenía aventuras con los invitados famosos ni ningún secreto del pasado que ocultar. Al menos, hasta que se había enterado de que era la hija del presidente. Desde entonces, todo parecía haber caído en picado.

¿O iba a mejor?

Simon agarró su blusa mientras profundizaba el beso. Ella enterró los dedos en su pelo corto y grueso. El roce de su mejilla y su olor a hombre hizo que Ariella se excitase todavía más. Notaba su erección en el vientre y se apretó contra ella.

Hasta que un golpe en la puerta hizo que se separasen.

Ruborizada y casi sin aliento, Ariella se alisó la blusa mientras Simon se acercaba a la puerta. La abrió unos centímetros y dijo en un murmullo que prefería que no los molestasen. La persona que había al otro lado le contestó que tenía una llamada urgente de Su Majestad.

Simon se giró hacia Ariella.

–Me temo que tengo que responder. Volveré en un minuto.

La puerta se cerró y ella se quedó sola en aquel extraño salón. Por primera vez, se fijó en el cuadro que había encima de la chimenea, un barco velero que navegaba en medio de una tempestad. Sobre la repisa había una colección de porcelana que parecía muy cara. ¿Qué estaba haciendo allí, con un hombre que algún día podría ser el rey de Inglaterra? ¿Se había vuelto loca?

La reina debía de haberlo llamado para recordarle cuáles eran sus obligaciones y para advertirle que mantuviese las distancias con las mujeres estadounidenses.

No obstante, la ausencia de Simon no consiguió disminuir su estado de excitación. Quería volver a abrazarlo y a besarlo. Quería arrancarle la ropa y hacer el amor con él en el sofá de rayas rosas. Se pasó una mano por el pelo y se dio cuenta de que lo tenía enredado. Se lo estaba intentando alisar cuando la puerta volvió a abrirse y apareció Simon.

–¿Por dónde íbamos? –preguntó él en tono divertido, con los ojos brillantes de deseo.

Eso encendió una llama en Ariella, que no recordaba haberse sentido tan atraída por nadie en toda su vida. Su cerebro le estaba diciendo que no tenían ningún futuro y que era probable que aquello terminase en desastre, pero sus manos lo abrazaron por el cuello y se enterraron en su pelo mientras sus labios se volvían a juntar.

–¿Qué estamos haciendo? –consiguió decir cuando ambos se separaron para tomar aire.

Estaba aturdida de la intensidad de los besos.

–No estoy del todo seguro, pero me gusta –respondió Simon, mordisqueándole el lóbulo de la oreja con suavidad, cosa que la hizo estremecerse de placer.

–¿No te parece que deberíamos intentar ser sensatos?

Inhaló el olor de su piel y apretó los dedos contra su espalda.

–¿Qué es ser sensatos? –preguntó él con los ojos cerrados, pasando los labios por su rostro.

Y ella deseó tenerlo todavía más cerca.

–Ya no lo sé –admitió Ariella, que solo quería olvidarse de todas sus dudas y dejarse llevar.

Simon proyectaba tanta seguridad que era difícil no limitarse a hacer lo que él decía.

–Pero mi vida está muy revuelta en estos momentos, y me da miedo complicarla todavía más.

Él recorrió su cuello a besos, acto que tuvo un terrible efecto en su libido.

–¿Te la estoy complicando yo?

–Sí –admitió ella–, pero no pares.

Simon se echó a reír, luego la besó en los labios con firmeza y la abrazó con fuerza y ternura al mismo tiempo. Ariella sintió tantas emociones a la vez que le entraron ganas de gritar.

Cuando por fin dejaron de besarse y se apartaron, se vio inundada por una terrible tristeza. Aquella separación hacía presagiar el momento en el que tendrían que despedirse para siempre, porque su relación, si es que aquello era una relación, no tenía ningún futuro.

–Si tenemos que mantenerlo en secreto es que no está bien –comentó con un hilo de voz, con tristeza.

Él abrió los ojos y la miró fijamente.

–En ese caso, que no sea un secreto.

Capítulo Cinco

Ariella fue de un lado a otro de su apartamento. Su teléfono llevaba toda la mañana sonando y no podía ignorarlo porque podía ser un cliente importante, pero cada vez desconfiaba más de las llamadas con número oculto.

El *Examiner* había publicado una serie de fotografías en las que aparecía con Simon paseando por Georgetown la tarde anterior, así que volvía a estar en el punto de mira.

Miró la pantalla y esa vez sí que reconoció el número.

–Hola, Francesca.

–Ariella, estás que te sales.

–Supongo que sé a qué te refieres.

–Estás dándole muchísima publicidad al programa. Liam dice que tendrá la mayor audiencia de todo el año.

–Ah, sí. Ya.

Por un lado, se arrepentía de haber accedido a salir en televisión con el presidente y, por otro, deseaba que pasase cuanto antes.

–¿Tenéis ya la fecha de la grabación? –preguntó.

–Todavía estamos esperando a la respuesta de la Casa Blanca. Con un poco de suerte, será la semana que viene o la siguiente. ¿Qué tal si traes a tu nuevo novio?

–De eso nada. Además, tiene que volverse a Inglaterra.

Se le encogió el estómago al decirlo. Simon la había llamado media hora antes para contarle que tenía que viajar urgentemente, esa misma tarde, para atender un asunto familiar. ¿Cuánto tiempo estaría fuera? Bueno, en realidad, vivía allí. Era posible que no regresase a los Estados Unidos y que Ariella tuviese que lidiar con el escándalo ella sola.

–Te veo muy hermética.

–De eso nada. Soy la misma de siempre. Es el resto del mundo el que está loco. Simon es un buen hombre que, casualmente, pertenece a una familia conocida.

–Lo mismo que tú.

Ariella dudó.

–Supongo que tienes razón. No es como me lo esperaba. Es humilde y auténtico.

–Y muy atractivo.

–Sí, eso también.

Cada vez que lo veía le parecía más guapo. ¿No se estaría enamorando de él?

La idea la dejó helada. No podía enamorarse de nadie en tan poco tiempo. El amor era algo importante, algo para toda la vida, que debía planearse con cuidado para que a nadie se le rompiese el corazón. Ni Simon ni ella sabían cómo iba a terminar... lo suyo, y habían decidido ir poco a poco.

–¿No os disteis cuenta de que los fotógrafos os verían juntos?

Sí. De hecho, lo habían planeado. Habían querido sacar su relación a la luz para poder dejar de verse en privado, rodeados de guardias armados.

–Últimamente, los fotógrafos ven todo lo que hago. Andan siempre al acecho.

Era un alivio no tener que seguir viendo a Simon en secreto, pero a Ariella le preocupaba haber dado otro motivo para que se hablase de ella.

–La verdad es que estoy impresionada por cómo lo estás llevando todo. Cualquiera diría que naciste siendo un personaje público.

–Supongo que soy como un pato, que en la superficie parece tranquilo, pero debajo del agua mueve las patas como un loco.

Tenía que ir al gimnasio a quemar algo de energía si no quería explotar.

–No eres un pato, Ari. Eres un cisne. Un cisne real.

Ariella fue a la cocina y se sirvió un vaso de agua fría.

–De eso nada. Y espero que la familia de Simon no esté enfadada porque la historia ha salido en la prensa.

–Estoy segura de que les vas a gustar.

Simon voló a Cardiff para poder ir directamente al castillo de Dysart, en las Marcas galesas, donde vivía su tío Derek, duque de Aylesbury.

Había sido él quien había insistido en que volviese a Inglaterra y se enfrentase a los nocivos rumores que lo acusaban de tener una aventura con una plebeya estadounidense.

Derek entró en el salón con su chaqueta de caza poco antes de la hora normal de la comida. Estaba mojado por la fina lluvia y era probable que llevase matando animales desde el amanecer.

–Ah, aquí estás.

Era un maestro en las obviedades.

–Dijiste que era urgente.

Derek lo miró fijamente.

–Su Majestad está fuera de sí con la noticia que salió ayer en la prensa. Es evidente que has pasado más tiempo del debido en los Estados Unidos, si la prensa ha tenido tiempo y energía para inventarse historias tontas acerca de ti.

–No son historias. Ariella y yo tenemos una relación cercana.

Una relación que él pretendía profundizar. Si no lo había hecho todavía, era porque se había dado cuenta de que era una mujer especial y no había querido poner en peligro lo que ya tenían.

–Pues será mejor que te distancies, de inmediato. Eres el segundo en la línea sucesoria. No puedes besar a la primera chica de sonrisa bonita que se cruce en tu camino.

Simon se puso tenso.

–Ariella no es cualquier chica. Es una mujer inteligente, encantadora y tiene más aplomo y elegancia que la mayoría de los miembros de nuestra familia juntos.

–No seas ridículo. Es estadounidense. ¿Te acuerdas de lo que pasó la última vez que alguien de nuestra familia estuvo con una estadounidense? ¡Renunció al trono de Inglaterra! Qué locura.

Derek se quitó la chaqueta y la dejó en una silla.

–Rompe inmediatamente con ella y reza por que no monte un escándalo ante la prensa.

–Ariella jamás haría algo así. Y no pienso romper con ella.

El rostro bilioso de Derek se encendió todavía más.

–Pensé que tu época irresponsable y temeraria había quedado atrás. Tu hermano mayor está casado con una mujer encantadora y completamente adecuada. Tómalo como ejemplo.

–Respeto a mi hermano y estoy deseando que se convierta en monarca. Y estoy seguro de que disfrutará de la compañía de Ariella tanto como yo.

–No seas ridículo. Y es la hija del presidente. Ya tenemos bastantes problemas políticos con los Estados Unidos como para que ahora te alíes con la hija del líder de un partido.

–No conoce a su padre y la política no tiene nada que ver con nuestra relación.

Su tío se había servido una copa de whisky y movió el líquido. Debía de ser el tercero o el cuarto del día, a pesar de que todavía era temprano.

–¿Ni siquiera conoce a su padre? Ah, sí. Es una hija bastarda que fue dada en adopción. Perfecta como princesa.

Simon deseó recordarle a su tío cuántos bastardos reales había habido en su país a lo largo de los siglos, pero se contuvo.

–Tanto Ariella como yo somos adultos y podemos resolver nuestros asuntos con dignidad. No necesito advertencias, lecciones ni instrucciones acerca de cómo comportarme.

La pobre esposa de Derek, Mary, no era ya ni la sombra de la joven guapa y alegre que había sido. Así que su tío era la última persona que podía aconsejarle acerca de cómo llevar una relación.

–Escúchame, Simon, si te metes en un escándalo internacional, nos afectará a todos. En el siglo XXI, las monarquías luchan por sobrevivir. Que tengas una aventura con esa chica es equivalente a que abandones tus deberes. Lo siguiente que hagas será irte a vivir al extranjero.

Simon empezó a enfadarse.

–Jamás me marcharé de Inglaterra. Sé cuál es mi deber con mi país y con mi conciencia.

Su tío frunció el ceño.

–Tal y como te estás comportando, a lo mejor te piden que te marches.

–Antes tendrás que echarme de la familia.

Derek bebió su whisky y estudió un cuadro en el que aparecían unos faisanes muertos y atados por el cuello cual ramo sin vida.

–Nada es imposible.

***

Era temprano y a Ariella le encantó el olor de Inglaterra. Incluso en la cola de los taxis de Heathrow, que estaba contaminado.

Tenía por delante cuatro días llenos de reuniones. La mayoría, relacionadas con la extravagante boda del duque de Buckingham. Había quedado con floristas, cocineros, fabricantes de cristal y porcelana, la lista era casi interminable.

Pero en su mente destacaba una cita por encima de todas las demás. El miércoles, a las cuatro menos cuarto de la tarde, dos días después, conocería por fin a la mujer que le había dado la vida veintiocho años antes. El corazón se le aceleraba siempre que lo pensaba. Era muy raro, que aquella extraña la hubiese llevado nueve meses en su vientre.

Además, Simon estaba allí. Le había avisado del viaje, pero le había dicho que iba a estar muy ocupada. Había ido a trabajar y que se hubiese besado con un príncipe no significaba que fuese a abandonar su carrera ni a dejar de ser cauta. Sus amigas de los Estados Unidos le habían advertido de que la prensa británica era mucho más agresiva y cruel que la estadounidense, así que debía tener cuidado.

Se estremecía cuando pensaba en él. ¿Qué opinaría su madre, Eleanor?

La pregunta la hizo reír. La madre que la había criado, que había sido una sensata ama de casa de Montana, le habría hecho muchas advertencias. Habría preferido verla con el dueño de un concesionario de coches de Billings, o tal vez con un empleado de banca de Bozeman.

Pero en esos momentos tenía otra madre en la que pensar. ¿Qué opinaría Eleanor de su relación con Simon? Era evidente que le preocupaba mantener su propia intimidad y que no quería la fama, así que lo más probable era que no le entusiasmase la idea.

El teléfono de Ariella vibró y ella miró el número que aparecía en la pantalla.

«Hablando del rey de Roma».

–Hola, Simon –dijo, sin poder evitar sonreír.

–Supongo que ya estás en suelo británico –respondió él con voz profunda.

–Sí. Estoy en un taxi.

–¿Dónde te alojas?

–En el Drake. Un hotel pequeño cerca de Mayfair.

–Perfecto. Muy cerca del palacio de St. James, mi refugio cuando estoy en la ciudad. Pasaré a recogerte a las siete.

Ariella se sintió tentada, pero su sentido del deber venció.

–Ojalá pudiese, pero tengo que reunirme con un posible cliente, gracias al cual podría organizar la mejor boda de la historia. Supongo que terminaré tarde.

–Imagino que no sería apropiado que te pidiese que vinieses después de la cena.

Ella sonrió.

–No sería apropiado, no.

–En ese caso, ven a comer mañana al palacio de Buckingham. Conocerás a la reina. Nunca pasa mucho tiempo en la ciudad, así que es una buena oportunidad para que os conozcáis.

Ariella agarró el teléfono con fuerza.

–Mañana tengo todo el día ocupado.

–Es una pena, porque la reina se va a Escocia por la tarde, pero ya habrá otras ocasiones.

–Lo siento –le contestó ella, que habría preferido cualquier cosa antes que comer en compañía de la reina.

Aunque si lo suyo con Simon prosperaba, tendría que conocerla.

–Me encantaría verte, de verdad, pero…

–Cenaremos mañana. Mi chófer te recogerá con toda discreción. Nadie sabrá que estás conmigo.

–No puedo, tengo una cena.

–Pero no te llevará toda la noche.

Ariella tragó saliva e intentó reírse.

–También necesito dormir. Ojalá tuviese más tiempo para… divertirme, pero es un viaje de negocios.

El silencio al otro lado de la línea la puso nerviosa. ¿Se sentiría Simon ofendido? No le hacía ningún favor a la empresa rechazando a un príncipe. Y no quería tener ningún otro compromiso después de ver a su madre, ya que tenía la esperanza de que se llevasen bien y pasasen varias horas juntas.

–Mi última cita es el jueves por la tarde, a las tres. Y no tengo el vuelo hasta la mañana siguiente.

–Entonces, ¿podrás hacerme un hueco para cenar conmigo el jueves?

Ariella no supo si estaba enfadado o bromeaba con ella.

–Si te parece bien, sí. Aunque, si estás demasiado ocupado, lo entendería.

–Despejaré mi agenda para el jueves solo para poder verte –dijo él en tono de broma.

–No creo que sea necesario. De todos modos, hablamos antes del jueves por si, entre tanto, surge algo –le dijo ella, casi sin poder creerse que le estuviese hablando así a un príncipe.

–De acuerdo. Y llámame si necesitas algo. Toda nuestra nación está a tu disposición.

–Gracias –le contestó ella sonriendo–. Te lo agradezco.

Sacudió el teléfono y colgó.

Su vida había cambiado mucho en los últimos seis meses. Había habido fotógrafos hasta en el aeropuerto, aunque Ariella no pensaba que fuesen a vender las fotografías en las que aparecía en vaqueros y con el pelo recogido, llevando la maleta hasta la parada de taxis. Tenía tantas cosas por las que emocionarse que en ocasiones se le olvidaba que también tenía muchos motivos de preocupación.

Conocer a su madre y a su padre y un romance con un hombre que la hacía sonreír cada vez que pensaba en él. Era demasiado. Algo así como hacer funambulismo entre dos rascacielos. Tenía que mantener la barbilla levantada, la vista al frente e ir poniendo un pie delante del otro. Con un poco de suerte, seis meses más tarde estaría mejor y las cosas no serían tan extrañas e inestables.

–¿Es estadounidense? –le preguntó el taxista, sacándola de sus pensamientos.

No esperó a oír la respuesta.

–¿Ha oído hablar de esa chica que se supone que es la hija del presidente? –añadió.

Ella se preguntó si la habría reconocido.

–Pues no sé a quién se refiere –respondió.

–Es una chica guapa. Con el pelo largo, castaño. Se parece un poco a usted –le explicó el taxista, mirándola por el espejo retrovisor–. Dicen que tiene una aventura con nuestro príncipe Simon. Algunas personas tienen suerte, ¿verdad?

–Sí –dijo ella mientras fingía mandar un mensaje con el teléfono y bajaba la cabeza–. Mucha suerte.

No levantó la cabeza hasta que no hubieron llegado a su hotel. Por suerte, allí no había ningún fotógrafo. Ariella se registró y se dijo a sí misma que tenía que estar preparada para cualquier cosa.

La frustración hizo que Simon se levantase de la silla y anduviese por el salón. ¿Cómo era posible que Ariella se encontrase allí, en su país, y que estuviese demasiado ocupada para verlo?

No podía esperar hasta el jueves.

La había llamado el lunes por la noche con la esperanza de que se hubiese cancelado su cena y poder verla, pero no había tenido suerte.

El martes por la mañana había vuelto a intentarlo, pero tampoco. Así que el miércoles se puso un sombrero y decidió recorrer a pie la breve distancia que había entre los palacios de St. James y Buckingham. Tal vez allí montase uno de los caballos de la reina.

Le dijo a su chófer, que también era su guardaespaldas, que fuese a Buckingham sin él, que necesitaba tomar un poco el aire. David no puso ninguna objeción porque sabía que no iba a pasarle nada.

Simon iba andando a buen paso, intentando borrar la embriagadora imagen de Ariella de su mente, cuando llamó su atención una chica que iba andando por la acera de enfrente.

Caminaba exactamente igual que Ariella. Tenía las piernas largas y la gracia de una gacela, pero aquella mujer tenía el pelo rubio. Llevaba unas gafas de sol muy grandes que ocultaban su rostro.

Simon se giró y se quedó observándola.

Andaba igual que Ariella e incluso llevaba sus zapatos, así que la siguió sin cambiarse de acera.

¿De quién se estaría escondiendo? No tenía ningún motivo para ocultar que estaba organizando una gran boda. Y estaba acostumbrada a que los fotógrafos la siguiesen.

Estaba haciendo algo que no quería que nadie viese. Ni siquiera él.

La vio cruzar a su acera y aminoró el paso. Ella no lo miró. Iba en su mundo y casi ni miraba a las personas con las que se iba cruzando.

Andaba rápidamente, pero a Simon no le costó seguirla.

«¿Por qué la sigues?», se preguntó.

«Porque quiero saber adónde va».

Tuvo la sensación de que aquello no estaba bien. Ariella tenía derecho a su intimidad. De hecho, habían hablado varias veces de lo mucho que ambos valoraban su derecho a tener una vida privada. No obstante, eso no lo detuvo.

Giró a la izquierda y se metió por una calle estrecha. Dudó y sacó el teléfono. Simon se detuvo en seco y un hombre que iba detrás chocó con él. Le pidió disculpas y vio que Ariella volvía a andar. Iba hablando por teléfono.

No oyó lo que decía, pero su risa era inconfundible.

¿Por qué no le había contado adónde iba a ir? Simon no pudo evitar tener dudas. Aunque estaba seguro de que no era capaz de hablar con la prensa acerca de lo suyo. ¿O sí?

En realidad, no había mucho que contar, aunque él pretendía cambiar aquello en cuanto le fuese humanamente posible.

¿Podía tener algo que ver con el padre de Ariella? No habían hablado casi de él. A ella parecía incomodarle el tema, y era normal, teniendo en cuenta que todavía no lo conocía.

¿Habría otro hombre en su vida? No, eso no era posible, pero ¿adónde iba?

Giró a la izquierda y él apretó el paso, la vio meterse el teléfono en el bolsillo y detenerse.

Simon la imitó. Ariella se sacó un papel del bolsillo y miró la casa que tenía delante. Después subió las escaleras, llamó al timbre y entró.

Él esperó un minuto antes de acercarse al edificio. Era el club Westchester. No tenía ni idea de lo que era, pero quería entrar, aunque siguió andando y barajó sus opciones.

A Ariella se le aceleró el corazón al tomar el ascensor, que era antiguo. Su madre la estaba esperando en el quinto piso.

Scarlet le había sugerido que se viesen en aquel club privado que alquilaba habitaciones solo a grupos exclusivos. Así que la propia Scarlet había pedido un favor para reservarle una aquella tarde.

Se quitó la peluca rubia que había comprado para despistar a los fotógrafos y se soltó el pelo, que llevaba recogido en un moño. El ascensor se detuvo en la quinta planta. Abrió las puertas de hierro y salió.

En el pasillo había tres puertas y estaba buscando la habitación 503 cuando se abrió una de ellas.

–¿Ariella? –preguntó una mujer esbelta y guapa, con el pelo rizado y castaño.

–¿Sí? –respondió ella. Quería llamarla «mamá»,

pero no fue capaz, tenía el corazón tan acelerado que casi no podía ni hablar–. Debes de ser Eleanor.

Esta se había llevado las manos a la boca y tenía los ojos verdes llenos de lágrimas. Unos ojos que eran casi iguales que los de ella.

–Eres preciosa. Mucho más que en las fotografías.

–Gracias. Y tú eres muy joven para tener una hija de veintiocho años.

Parecía no llegar a los cuarenta, tenía la piel clara y un cuerpo juvenil.

–Es que soy demasiado joven para tener una hija de veintiocho años –admitió ella sonriendo–. Ese fue el problema. Me quedé embarazada demasiado joven y no estaba preparada.

Eleanor parecía estar a punto de venirse abajo y Ariella quiso reconfortarla, pero no supo cómo. La hizo entrar en la habitación, que era un salón grande, con varios sofás que parecían muy cómodos.

–¿Nos sentamos?

–Sí –dijo Eleanor, sacando un pañuelo y limpiándose el rostro–. Lo siento. Es que… llevaba mucho tiempo esperando este momento y no sabía si iba a llegar.

–Lo mismo me pasaba a mí. Casi no me puedo creer que por fin nos hayamos conocido.

Se sentaron juntas en un sofá y tomó las manos de Eleanor y se las apretó. Tenía la piel fría y suave. «Manos frías, corazón caliente», pensó.

–Muchas gracias por haber venido a Londres a verme –le dijo.

–Ha sido un placer. Lo que me da miedo es viajar a Estados Unidos y que me reconozcan –comentó Eleanor–. Soy muy tímida, la verdad. Ese es uno de los motivos por el que siempre supe que no le convenía a Ted. Él era abierto y simpático, y le encantaba estar siempre rodeado de gente.

Ariella se dio cuenta de que Ted, para ella, todavía era el presidente.

–¿Era tu novio? –le preguntó a Eleanor, ya que solo sabía lo que había leído en los periódicos.

Eleanor suspiró.

–Sí. ¡Yo estaba muy enamorada! Y él soñaba con ir a la universidad, con conseguir una beca y estudiar en el extranjero, con viajar. Siempre fue muy ambicioso.

–Y ha llegado muy alto.

Eleanor asintió. Apretó los labios temblorosos un instante. Ariella deseó abrazarla, pero no quiso asustarla.

–Nunca supe qué había visto en mí. Me decía que le transmitía paz.

–Supongo que un hombre tan enérgico y extrovertido necesita todavía más esa paz que otros.

Eleanor sonrió a Ariella.

–Tal vez. Mi marido, Greg, era un hombre tranquilo. Estar con él no era tan emocionante como estar con Ted, pero era un buen hombre y fuimos felices juntos veintitrés años. Falleció de un infarto. Era demasiado joven –dijo, otra vez con los ojos llenos de lágrimas.

–Lo siento, me hubiese gustado conocerlo.

Eleanor la miró.

–¿Me dijiste que todavía no conoces a Ted?

Ariella tragó saliva y negó con la cabeza.

–Todavía no, pero...

Hizo una pausa. Era patético. Sintió vergüenza.

–Seguro que Ted quiere conocerte. Estoy convencida –le dijo Eleanor, apretándole las manos–. Seguro que si no se ha puesto en contacto contigo es porque no le han dejado. Llámalo tú.

–Vamos a vernos en un programa de televisión muy pronto.

–¿En televisión? –preguntó Eleanor sorprendida.

Ariella asintió.

–El marido de mi amiga Francesca es el presidente de la cadena ANS. Al parecer, la Casa Blanca está a punto de fijar la fecha.

–Sería más agradable que os vieseis en privado.

–Lo sé, pero el presidente es una figura pública. No creo que pueda llamarlo y presentarme.

–Eres muy extrovertida, ¿verdad? –preguntó Eleanor sonriendo.

–Supongo que sí. Me gano la vida organizando fiestas. Me gusta reunir a gente y hacer que pase momentos inolvidables.

–En eso debes de parecerte a Ted. Además, tienes sus pómulos. Y su determinación.

–También me parezco a ti –comentó Ariella–. Nuestro rostro tiene la misma forma, y ambas somos altas y delgadas.

–Ted me decía que cualquier día se me iba a llevar el viento. Y supongo que, en cierto modo, tenía razón. Me trajo a Irlanda y no me atreví a mirar atrás.

–Estoy segura de que le encantaría volver a verte.

–Oh, no –respondió Eleanor alarmada–. Estoy segura de que no me perdonará jamás por lo que hice. Yo pensé que era lo mejor, pero ahora sé que fui muy infantil. Fui cobarde. Jamás me lo perdonaré y tampoco espero que él me perdone.

Ariella no supo qué decirle, dado que, en realidad, no conocía a su padre.

–¿Por qué no se lo contaste?

–Porque supe que haría lo correcto –le contó Eleanor–. No para él, sino para los demás. Sacaría adelante a una familia en vez de cumplir su sueño. Y yo no podía permitir eso.

–Podías haber dejado que tomase él la decisión.

–Lo sé. Ahora lo sé –respondió Eleanor con los ojos llenos de lágrimas–. No quería que me odiase e hice algo con lo que iba a ganarme su odio seguro. Di a nuestra hija en adopción y no le conté nada.

Rompió a llorar.

Ariella la abrazó por fin y contuvo sus propias lágrimas.

–Todo ocurre por alguna razón –le dijo–. A lo mejor no conozcamos nunca el motivo, pero sigo creyendo que es así.

–Eres una chica muy lista. Lo veo en tus ojos

–respondió Eleanor–. Tienes la inteligencia de tu padre. Apuesto a que tienes estudios universitarios.

Ariella asintió.

–Estudié Historia en Georgetown.

–Qué coincidencia que Ted y tú terminaseis viviendo en Washington.

–Es muy raro.

En ese momento se abrió la puerta y ambas mujeres giraron la cabeza. Ariella dio un grito ahogado al ver a Simon allí.

Capítulo Seis

–Ariella.

Simon tenía un sombrero en la mano y su mirada era de curiosidad.

Eleanor se tapó la cara con el pañuelo que tenía en la mano, como si quisiese esconderse.

–¿Qué estás haciendo aquí? –preguntó Ariella.

–Yo… –él dudó–. Tengo que confesarte que te he visto por la calle y te he seguido.

–¿Qué? –inquirió ella enfadada–. ¿Y qué te ha hecho pensar que podías seguirme e irrumpir aquí?

Simon se encogió de hombros.

–Siento tener que admitir que no he pensado demasiado –contestó mirando a Eleanor.

–Tienes que marcharte –le dijo Ariella poniéndose en pie–. Puedes ser príncipe, pero eso no te da derecho a pisotear a todo el mundo.

–Tienes razón. Perdóname –respondió él retrocediendo.

–¡Espera!

Ariella no podía dejarlo marchar. Estaba enfadada, pero tenía demasiadas ganas de verlo. Se giró hacia Eleanor y añadió:

–Es mi novio. ¿Te importa que te lo presente?

Eleanor tragó saliva y asintió tímidamente.

–Simon Worth, esta es Eleanor Daly, mi madre.

–¿El príncipe Simon Worth? –preguntó Eleanor.

Él asintió.

–A su disposición. Es un honor conocerla, señora Daly –la saludó. Luego se acercó, tomó su mano y se la apretó suavemente–. Sé que Ariella llevaba mucho tiempo esperando este momento.

–Dios santo –dijo Eleanor, mirándolos a los dos.

–Simon me ha animado a conocerte. Yo no estaba segura de que tú quisieras hacerlo.

–Me alegro mucho de veros juntas –dijo Simon sonriendo, tan alegre como de costumbre.

–Os había visto en una revista, pero pensé que era mentira –comentó Eleanor, todavía sorprendida–. Entonces, ¿estáis saliendo?

–Bueno, en realidad no sabemos muy bien qué estamos haciendo –contestó Ariella, adelantándose a Simon–. Nos gusta estar juntos.

–Ah –dijo Eleanor, frunciendo el ceño con preocupación.

–Os voy a dejar solas –dijo Simon.

Se despidió de Eleanor con un gesto de cabeza y apretó la mano de Ariella, luego se dio la vuelta y desapareció por la puerta. A Ariella no se le ocurrió qué decir.

–Dios santo –repitió Eleanor.

–He tenido una vida muy intensa este año. A veces me pregunto qué más me podría pasar.

–No tientes al destino –le aconsejó su madre–, pero espero que conozcas pronto a tu padre. Estoy muy orgullosa de él y sé que va a ser un buen presidente. Casi me dan ganas de volver a Estados Unidos.

Ariella notó que le subía la adrenalina.

–Deberías hacerlo. Sería maravilloso tenerte cerca. ¡Ven a vivir a Washington! Yo vivo en Georgetown y es un lugar tranquilo. Hay muchos árboles y bonitos edificios antiguos.

–Suena bien. A lo mejor llevo demasiado tiempo escondiéndome.

–Ya no tienes que esconderte de nadie.

–No creo que fuese capaz de enfrentarme a la prensa como lo estáis haciendo Ted y tú. Os avergonzaría a ambos.

–Eso es imposible. Apuesto a que te sentirías aliviada. ¿Por qué no vuelves a Estados Unidos conmigo? Me marcho el viernes y estoy segura de que puedo comprar un billete en mi mismo avión.

Eleanor se puso tensa.

–No estoy... preparada para eso –le dijo–, pero me gustaría que siguiésemos hablando por teléfono y, tal vez, con el tiempo, tenga el valor necesario para ir a verte. Tal vez pueda ir también a Montana, a visitar a los viejos amigos a los que llevo tanto tiempo evitando. Nunca le hablé a nadie de mi embarazo y estoy segura de que se preguntan por qué desaparecí de repente. Estuve en una casa para madres jóvenes lejos de Montana y, después de darte en adopción, me marché a Chicago. A Greg lo conocí allí. Él había ido desde Irlanda a trabajar de techador en verano y me enamoró.

Le habían empezado a brillar los ojos al hablar de él.

–Con él empecé de cero y no volví a mirar atrás.

–No es bueno huir de los sentimientos. Antes o después, vuelven a por ti. Lo aprendí después de la muerte de mis padres adoptivos. Da miedo sufrir, pero, cuando lo aceptas, puedes seguir adelante. Hasta ahora has tenido miedo –le dijo a su madre, apretándole las manos.

–Qué sabia eres, Ariella.

–Ojalá lo fuese. Solo intento solucionar las cosas poco a poco. En mi trabajo siempre solucionas un problema y te surge otro, así que no merece la pena preocuparse antes de tiempo.

Ambas se echaron a reír y Ariella abrazó a su madre biológica con fuerza por primera vez.

Simon se negó a permitir que Ariella se marchase de la ciudad sin ir antes a su casa. Le había prometido que no volvería a seguirla por Londres si ella posponía su regreso a los Estados Unidos al lunes y pasaban el fin de semana juntos en el castillo de Whist.

Pidió al servicio que preparase la habitación favorita de su madre para Ariella. Porque tenía unas vistas preciosas del lago y, sobre todo, porque tenía una puerta que comunicaba con la suya. Había tenido que hacer un gran esfuerzo para mantener todas sus actividades por encima de la altura del cuello hasta entonces, y esperaba descubrir territorios inexplorados ese fin de semana.

Su chófer fue a buscar a Ariella el jueves por la tarde. Simon tenía toda una agenda de actividades para entretenerla y mostrarle cómo era la vida en el campo en Inglaterra, y pretendía presentarle a su familia en un partido benéfico de polo que tendría lugar el domingo. Iba a enseñarle los placeres y las realidades de la familia real inglesa.

Las realidades podrían asustarla. Simon sabía que su familia tenía muy claro con quién se debía casar. Tenía que ser una mujer británica, de familia aristocrática y con un pasado monótono del que la prensa no pudiese hablar. Él ya les había dicho que solo se casaría por amor, pero no estaba seguro de que le hubiesen escuchado. Había sido educado para creer que el deber estaba por encima de todo lo demás, incluida su felicidad. Por el momento, había conseguido ser feliz en los confines del deber, pero sabía que la elección de Ariella como novia iba a granjearle críticas y desaprobación.

Por otra parte, no había ningún buen motivo para que la rechazasen, y antes o después entrarían en razón. Lo único que esperaba Simon era que no la asustasen.

Probó el pomo de la puerta que comunicaba ambos dormitorios y se metió la llave en el bolsillo. Su cuerpo no podía esperar más para volver a estar a solas con Ariella. Había sabido que era ella nada más verla y estaba deseando tenerla entre sus brazos, desnuda. La idea le calentó la sangre y avivó su imaginación.

Se acercó a las ventanas que daban a la parte delantera de la casa y contuvo las ganas de llamarla por teléfono para ver por dónde iban. Cuando vio el coche, casi corrió escaleras abajo. No recordaba haber tenido nunca tantas ganas de ver a alguien.

Ariella estaba radiante, como siempre, vestida con un sencillo vestido negro y el pelo suelto. Sonrió al verlo y él no pudo evitar devolverle la sonrisa.

–Bienvenida al castillo de Whist.

–Es tan bonito como me lo imaginaba.

–Me alegro de que pienses eso, y todavía no has visto los jardines. Ven –le dijo, conteniéndose para no agarrarla por la cintura–. ¿Qué tal con tu madre?

–Fenomenal –respondió ella sonriendo–. Me preocupaba que pudiese parecerme una extraña, que no nos reconociésemos, pero la conexión fue instantánea.

–Eso es fantástico. ¿Vais a volver a veros pronto?

Ariella dudó.

–No lo sé. Eso espero. Todavía tiene miedo a la prensa y a las críticas. Yo he intentado convencerla para que venga a vivir a Washington.

Simon se echó a reír.

–Yo habría hecho lo mismo.

–Luego le he dicho que podríamos ir a Montana juntas. Espero no haberla asustado.

–Seguro que está encantada de que hayas querido conocerla y de que quieras pasar más tiempo con ella.

–Eso espero. A mí me ha caído muy bien. Voy a llamarla por teléfono a menudo y, con un poco de suerte, podremos ir construyendo una relación.

Simon pensó que eso mismo era lo que él tenía que hacer con Ariella. Que estuviese convencido de que estaban hechos el uno para el otro no significaba que ella fuese de la misma opinión. La convencería y seduciría poco a poco, por mucho que su instinto más primitivo le estuviese pidiendo que la abrazase y besase apasionadamente.

Le enseñó su habitación, y miró la puerta que la comunicaba con la suya, pero no se lo dijo. Ya habría tiempo para eso más tarde. Después la llevó a su lugar favorito del mundo: el gran salón que, en el pasado, había sido la sala del trono. Luego fueron a la zona más antigua del edificio, donde estaban los cuadros que sus antepasados habían coleccionado durante siglos, entre los que había trabajos de Rafael, Tiziano, Rembrandt, Caravaggio y el Greco entre otros.

Ariella se quedó perpleja.

–Es una colección mejor que la de muchos museos –comentó.

–Lo sé. Los presto a museos de vez en cuando para que no estén siempre aquí escondidos. Tengo la suerte de haber tenido unos ancestros con muy buen gusto.

–¿Nunca te han hecho un retrato? –le preguntó ella, estudiando uno de Carlos II realizado por Van Dyke.

–Nunca. No podría estar tan quieto.

–Es una pena. A mí me encantaría poder disfrutar de un cuadro tuyo.

–¿Para qué, pudiendo tenerme en carne y hueso? –le preguntó Simon.

Después de varios días sin verse, la tensión sexual era cada vez más intensa.

–¿Qué fondo te iría mejor? –preguntó ella, mirándolo de arriba abajo.

Él sintió calor.

–Uno exterior. Tal vez una montaña.

–Muy buena idea. Podrían hacerte una fotografía y así no tendrías que posar más que un segundo. Piensa en todos esos artistas muertos de hambre que están deseando convertirse en los nuevos pintores de la corte. Yo creo que deberías convertirte en un mecenas.

–La verdad es que nunca lo había visto así.

Ariella echó a andar por el pasillo y él dudó un instante y se quedó disfrutando del vaivén de sus caderas antes de seguirla.

El castillo de Simon era muy antiguo, pero el ambiente era más el de un hogar que el de un monumento. Y él estaba haciendo todo lo posible por que se sintiese cómoda.

No obstante, Ariella no estaba del todo relajada. Era evidente que aquel fin de semana haría que su relación pasase a otro nivel, fuese cual fuese. No tenía ni idea de lo que Simon había planeado y él le había dicho que no se preocupase, que estaba en buenas manos. Lo que la había puesto todavía más nerviosa. Estaba acostumbrada a llevar las riendas y a hacer los planes ella. ¿Y si Simon decidía sorprenderla llevándole allí a la reina? Lo mejor sería estar preparada para cualquier acontecimiento.

–Le he dicho al servicio que nos haremos la cena nosotros –le dijo él, llevándola hasta un salón con altos techos de madera–. Había pensado en preparar *spaghetti alla bolognese.*

–¿Espaguetis a la boloñesa?

–Y eso que dicen que los estadounidenses no se molestan en aprender otros idiomas –comentó él, guiñándole un ojo.

A Ariella le sorprendió que supiese cocinar. Estaba muy guapo, vestido con unos pantalones de pinzas y camisa blanca, tenía una belleza clásica. Y tenía un toque travieso en la mirada que siempre le aceleraba el pulso.

–Debes saber que hablo español y francés, y pretendo estudiar chino en cuanto tenga tiempo.

Él sonrió.

–Estoy impresionado, aunque no esperaba menos de ti. Eres inquietantemente perfecta.

–No es cierto –respondió ella, notando calor en la cara y preguntándose cómo era posible que Simon estuviese haciendo que se ruborizase–. Tengo muchos defectos.

–Dime uno. No, espera –dijo Simon, acercándose a un armario y sacando una botella de vino tinto de él–. Vamos a disfrutar de una excelente botella de vino mientras hablamos de tus defectos.

La descorchó con facilidad y sirvió dos copas.

Ariella se preguntó si aquello iba a ser como una entrevista de trabajo en la que debía decir que era demasiado perfeccionista, o excesivamente puntual. ¿O podía ser sincera?

No iba a intentar que Simon se enamorase de ella.

Tomó la copa que él le ofrecía.

–A ver, un defecto... Cometo faltas de ortografía. Siempre le tengo que pedir a alguien que me revise los documentos importantes.

–Eso no es nada. Yo soy disléxico.

–¿De verdad? No tenía ni idea.

–Así que vas a tener que buscar otro defecto más impresionante.

Se sentaron en el sofá de piel y él bebió de su copa mientras la miraba.

–Tendrá que ser un defecto muy gordo, si no quieres que siga pensando que eres perfecta.

–Puedo llegar a ser muy impaciente.

–Tonterías. Mira cómo has manejado a la prensa. A cualquier otra mujer le habría dado más de un ataque. ¡Otro! –le pidió con los ojos brillantes.

–Umm...

Ariella se preguntó qué podía decir para sorprenderlo.

–Soy una ninfómana reformada.

Él arqueó las cejas.

–Espero que no demasiado reformada.

–Cómo eres –respondió ella riéndose–. La verdad es que soy más bien lo contrario. Demasiado recatada. Tal vez ese sea mi defecto.

–Eso puede arreglarse.

Simon se acercó un poco más a ella en el sofá. Sus muslos se tocaron y Ariella se preguntó cómo sería desnudo. Y si ella iba a averiguarlo esa noche. Se puso nerviosa solo de pensarlo. Tener sexo con un príncipe no era algo que pudiese olvidarse fácilmente. No obstante, tendría que hacerlo, ya que no podía convertirse en un miembro de la familia real.

–Estás dándole demasiadas vueltas a la cabeza –le dijo él.

–Ese es otro de mis defectos. Pienso demasiado.

–Yo soy más bien al revés. Primero actúo y después pienso –admitió Simon sonriendo–. Y me ha causado varios problemas a lo largo de los años.

–Tengo la sensación de que va a causarte otro más como no dejemos de beber vino.

Sus labios estaban cada vez más cerca.

–Piensas en todo –le dijo él, tomando su copa y dejándola en el suelo, junto a la de él–. ¿Por dónde íbamos?

A Ariella no le dio tiempo a pensar una respuesta, los labios de Simon la tocaron y ella suspiró y se dejó abrazar. Los días que habían estado separados habían sido una tortura. Había intentado no pensar en él, no querer verlo. Y después se había comportado como era debido ante el chófer y el mayordomo, y ante todas las personas que iban de un lado a otro.

En esos momentos estaba a solas con Simon. Su beso se hizo más intenso y su lengua tocó la de ella. Ariella sintió todavía más calor en el vientre y notó que se le endurecían los pechos.

–¿No podemos ir a algún sitio más íntimo? –preguntó en un susurro.

Él no respondió, pero tomó las dos copas y le hizo un gesto para que lo siguiese. Atravesaron la silenciosa casa. Fuera todavía era de día. En Inglaterra oscurecía tarde en verano, así que daba la sensación de que era temprano a pesar de que eran casi las ocho. ¿Por qué estaba ella pensando en el tiempo?

Porque de un momento a otro se iba a meter en la cama con un príncipe. Porque daba por hecho que lo harían en una cama. Aunque, conociendo a Simon, podía estar equivocada.

Lo siguió al piso de arriba y se sintió aliviada al ver que entraban en la habitación de él.

Entonces se acordó de la contracepción y se preguntó si sería el momento adecuado para mencionar que iban a necesitar preservativos. Miró la enorme cama y dijo:

–Yo... tengo una caja de preservativos en la maleta.

Él sonrió.

–A lo mejor era cierto que eres una ninfómana reformada.

–O una aburrida que está preparada para cualquier cosa.

–Sospecho que es más bien lo segundo. No te preocupes, yo también tengo algo para la ocasión.

–¿Cómo compra preservativos un príncipe? Quiero decir, que no puedes presentarte en una farmacia y pedirlos sin más.

–¿Por qué no? –preguntó él, sacando un paquete de una cajonera de caoba.

–Porque... todo el mundo sabría lo que te propones.

–Y se pondrían celosos –dijo él, acercándose a besarla–, pero no te preocupes. Los compra mi secretaria.

Le bajó la cremallera que había en un lateral del vestido y pareció quedarse como bloqueado.

–Tengo que quitármelo por la cabeza –le dijo ella con voz ronca.

–No –repuso Simon, mirando pensativo el vestido–. Yo tengo que quitártelo por la cabeza.

Lo agarró del dobladillo y Ariella contuvo la respiración y levantó los brazos mientras él tiraba del vestido y se lo quitaba. Con él todavía en las manos, Simon la observó en silencio. Y ella pensó que debía sentir vergüenza, en braguitas y sujetador, pero no la sintió.

Se quitó los zapatos a patadas y empezó a desabrocharle la camisa mientras él mismo se desabrochaba el cinturón y se quitaba los pantalones. Su pecho era puro músculo y estaba cubierto por una fina capa de vello dorado que bajaba en forma de flecha hacia sus conservadores calzoncillos.

–Deja que te ayude con esto –murmuró Ariella bajándoselos.

Se dio cuenta, demasiado tarde, de que se estaba relamiendo. Hacía demasiado tiempo que no había tenido sexo y no podía desearlo más.

Él le desabrochó el sujetador y sus pechos lo señalaron, acusándolo de haberla excitado mucho más de lo que era decente.

Entre los dos se deshicieron de sus braguitas y sus cuerpos se tocaron. La erección de Simon se apretó contra su vientre. Ambos respiraban con dificultad e intentaron besarse. Entonces cayeron sobre la cama y Simon se tumbó encima de ella, cubriéndola con su cuerpo, con sus besos y sus caricias, hasta hacer que gimiese de deseo.

Entonces se puso el preservativo y la penetró con cuidado. Sus miradas se cruzaron un instante y Ariella sonrió al ver preocupación en los ojos de Simon. Levantó las caderas para recibirlo y disfrutó al ver su expresión de placer y que cerraba los ojos para penetrarla más.

Una oleada de placer la recorrió y ambos empezaron a moverse al mismo ritmo. Ariella pudo por fin aliviar la tensión que había ido aumentando entre ambos en el poco tiempo que hacía que se conocían.

–Ariella –dijo él en un cierto tono de sorpresa, como si acabase de descubrirlo por primera vez.

Y eso, de algún modo, hizo que ella volviese a la realidad. Era Ariella Winthrop y su vida se había vuelto un caos debido a las escandalosas circunstancias de su nacimiento y, en esos momentos, a un romance internacional. Se preguntó si aquello no sería un error. ¿Se arrepentiría a la mañana siguiente?

La prensa haría su agosto si se enteraba de que se había acostado con Simon.

Ella había permitido que aquello se le fuese de las manos. En Washington habría podido mantener las distancias con Simon en vez de embarcarse en una relación que iba a terminar mal y que iba a ser el foco de muchos cotilleos.

–Ariella –repitió él.

–¿Sí?

–Solo estaba diciendo tu nombre. Celebrándolo. Por fin estamos juntos.

Ella se echó a reír y se movió hasta conseguir colocarse encima de él.

–Es difícil resistirse a ti.

Esa era la verdad. Que no había sido capaz de decirle que no.

Se inclinó hacia delante para besarlo y su melena le acarició el pecho, entonces empezó a moverse encima de él. Simon cerró los ojos y puso cara de placer. Le acarició los pechos y la cintura. Y después la hizo cambiar otra vez de posición y recuperó las riendas.

Ariella se olvidó de todo al entrar gracias a él en un mundo en el que no había preocupaciones. Lo único que importaba eran sus dos cuerpos moviéndose al mismo ritmo hasta llegar a un clímax inevitable.

Después se quedaron abrazados, como muchas otras parejas debían de haber hecho a lo largo de los años. Duques, princesas, condes, esposas, amantes y probablemente sirvientes también.

–¿Qué estamos haciendo? –le susurró ella al oído.

–Estamos disfrutando de un apasionado romance –respondió Simon.

–Haces que las cosas parezcan tan sencillas...

–Suelen ser sencillas hasta que la gente las complica.

–¿Cuánto tiempo puede durar? Tú vives aquí y yo en Washington. Es una tontería.

–Es maravilloso –respondió él, acariciándole el pelo.

Ella espiró lentamente.

–Lo es.

–Así que tenemos que disfrutar de ello día a día, y ver adónde nos lleva.

–¿Con la prensa pegada a los talones?

Simon se encogió de hombros.

–Harán lo que quieran hacer, sea lo que sea lo que nosotros queramos. Yo intento ignorarlos en general. Salvo que necesite hacer publicidad de World Connect. Entonces son todo sonrisas.

–Yo tengo que cultivar esa actitud –comentó Ariella apoyando la cabeza en su pecho–. Solo hacen su trabajo. Y dado que mi padre es el presidente, no van a dejarme en paz de un día para otro, así que lo mejor será que me acostumbre.

–Me alegro, porque el domingo vamos a ir a un

partido benéfico de polo y habrá mucha prensa –le dijo él con malicia.

–Vaya.

–Será divertido. Y podrás conocer a mi familia.

Ariella se puso nerviosa.

–¿A tu hermano mayor y a su esposa?

–Están en Australia, pero conocerás a mi abuela y a algunos primos, tíos, y a mi hermano pequeño.

Ella tragó saliva e intentó que no se le notase el pánico.

–¿A tu abuela… la reina?

–No te sientas intimidada. Parece muy fiera de lejos, pero de cerca es cariñosa y accesible.

–Espero no ponerme a tartamudear como una idiota.

–No creo que te sientas incómoda con la realeza. Sobre todo, teniendo en cuenta que ya te estás acostando con ella.

Ariella se echó a reír.

–Es verdad –dijo–. ¿Lo sabe la reina?

–Si lee los periódicos, lo sabrá –respondió él acariciándole la mejilla–. No te preocupes. Mi familia te adorará. Será divertido.

Divertido. Ariella dudaba que pudiese ser divertido.

Pero lo averiguaría en menos de dos días.

Capítulo Siete

Ariella intentó todo lo que se le ocurrió para evitar ir al partido de polo. El duque de Buckingham las había contratado oficialmente para su boda, así que tenía que buscar proveedores para la fiesta, bueno, sí, el domingo estaría en Inglaterra, pero casi todo estaba cerrado los domingos.

Así que llegó el domingo por la mañana y se encontró peinándose con manos temblorosas.

Simon abrió la puerta que comunicaba sus habitaciones y miró dentro. Sonrió al verla.

–Estaba comprobando que no te habías escapado por la ventana.

–¿Y si me odian?

–Te adorarán –le aseguró.

–No sé nada de polo.

–No te hace falta. Aplaude cuando marque nuestro equipo y ya está.

–¿Y si algún periodista me hace una pregunta?

–No lo harán. Es un acontecimiento muy elegante y hay determinadas reglas no escritas que hacen que mantengan las distancias.

–¿Y si me pongo histérica y monto un escándalo?

Simon sonrió.

–Entonces, llamaremos a unos hombres vestidos con batas blancas y les pediremos que se te lleven. ¿Quieres una copa de licor para calmar los nervios?

–No, gracias. Nunca bebo antes del mediodía. Sobre todo, un domingo.

–Creo que debería advertirte acerca de mi tío Derek. Es probable que al mediodía ya esté haciendo eses y suele ser muy directo.

¿Tío Derek? Ariella no había oído hablar de él.

–Es el hermano de mi madre, por lo que no pertenece a la realeza, pero está muy unido a la familia e intenta ser más tradicional que nadie, así que no creo que le parezca bien que salga con una estadounidense.

Ella suspiró.

–En realidad, lo nuestro no es... serio.

¿Quería convencerse a sí misma? Pasar el fin de semana con Simon había sido muy fácil y divertido. Encajaban muy bien. Podían hablar de cualquier cosa. Y el sexo...

–¿Quién ha dicho eso? –replicó él–. Yo puedo ponerme muy serio si la ocasión lo requiere.

Se acercó a ella y la agarró por la cintura antes de darle un beso en el cuello.

–Y me gustas, en serio –añadió.

Ella parpadeó y miró hacia el espejo que tenía delante, ella estaba muy tensa y Simon, completamente relajado.

–Tú también me gustas, pero tendrás que admitir que la situación es muy extraña.

–Toda mi vida es una situación extraña –admitió él mordisqueándole la oreja–, pero no permito que me afecte.

–Supongo que si lo miras así...

Ariella se interrumpió cuando sus miradas se cruzaron en el espejo. Simon la miraba con diversión y deseo al mismo tiempo. Pasó las manos por sus caderas y por su vientre, haciéndola temblar de deseo. Si aquella tarde transcurría sin incidentes, volverían a pasar la noche juntos. Su última noche antes de volver a Washington al día siguiente.

Se giró y le dio un beso apasionado. Si aquello era lo que tenían, iba a disfrutar de ello al máximo. Sin remordimientos.

O eso esperaba.

–Y esta es mi abuela –dijo Simon sonriendo.

Estaban rodeados de personas elegantes que se reían y brindaban. Los fotógrafos estaban a una discreta distancia. De fondo se oían los golpes de las mazas al golpear la pelota.

De cerca, la reina era muy menuda. Ariella hizo amago de inclinarse, pero la reina le tendió la mano, así que ella se la dio. Tenía los dedos suaves y fríos, pero la agarraron con fuerza.

–Es un placer conocerla, señorita Winthrop. Simon me ha dicho que es la primera vez que viene a un partido de polo.

Sus ojos azules la miraban fijamente.

–Sí, es la primera vez.

–Simon también me ha informado de que el

presidente Morrow es su padre –continuó la reina, agarrándole las manos.

–Pues… sí. Ha sido una sorpresa para ambos.

–Las sorpresas hacen que la vida sea interesante, ¿no cree?

–Sí.

La reina la bombardeó con información acerca de los caballos. Se le daba bastante bien mantener una conversación sin que los demás participasen en ella. Ariella decidió que tenía que aprender a hacerlo. Le parecía una buena manera de mantener las conversaciones por un buen camino.

Simon sonreía y asentía, parecía contento con cómo iban las cosas. Ariella también sonreía y asentía mientras pensaba emocionada que estaba hablando de caballos ni más ni menos que con la reina. Y que no sabía nada de caballos. Y que, además, se estaba acostando con su nieto.

Cuando un recién llegado interrumpió la conversación, Ariella ya necesitaba esa copa de licor que Simon le había ofrecido un rato antes. Simon le dio una copa con una bebida que tenía el mismo color que el té y en la que flotaba una mezcla de trozos de fresa, manzana, naranja y pepino. A pesar de que era muy dulce, Ariella descubrió en ella una base de ginebra y la bebió con cautela, ya que no quería ponerse a reír como una tonta ni caerse con los tacones, cosa que ya le había ocurrido a alguna invitada más joven.

El hermano pequeño de Simon, Henry, estaba en el centro del grupo de invitados más animado y ella sintió cierta aprensión cuando Simon la llevó hacia allí para presentárselo.

Era tan alto como Simon, pero con el pelo más rizado y los ojos muy azules. Tenía fama de juerguista y mujeriego.

–Veo que la has convencido para que se meta en la contienda –comentó, mirándola a los ojos y dándole un beso en el dorso de la mano.

Las jóvenes que estaban con él miraron a Ariella con curiosidad.

–Henry, mi hermano, Ariella Winthrop –los presentó Simon.

–Creo que todo el mundo conoce a la señorita Winthrop. Y en persona es todavía más bella que en fotografía.

Ariella no supo qué responder a aquello.

–Es un placer –dijo.

–¿Lo es? No me conoce lo suficiente para saberlo.

–No asustes a Ariella –le pidió Simon sonriendo–. La abuela acaba de hablarle del pedigrí de la mitad de su equipo de polo.

–Espero que se haya mostrado fascinada. La abuela sospecha de cualquier persona que no comparta su pasión por los caballos.

–Tengo que admitir que no sé casi nada de caballos.

–Pensé que Montana era una zona de vaqueros –comentó Henry, que estaba disfrutando mucho con aquella conversación.

–Algunas partes sí, pero no donde yo vivía.

–Ariella sería una vaquera maravillosa –comentó Simon, pasando un brazo alrededor de su cintura–, pero pretendo conseguir que se enamore de Inglaterra.

Henry arqueó una ceja.

–Lo vuestro debe de ir muy en serio. Porque, normalmente, mi hermano siempre está deseando tomar un avión e ir en busca de aventuras.

–Ariella me está haciendo pensar en disfrutar de esas aventuras más cerca de casa.

Ella no se podía creer lo que estaba oyendo. ¿Se le estaba declarando Simon? ¿O estaba de broma con su hermano? No supo cómo reaccionar.

–La verdad es que me gusta mucho Inglaterra.

–Pues menos mal. Porque hay una cosa de mí mismo que jamás podré cambiar, y es mi país de origen –le dijo Simon en tono cariñoso.

–Hay otras cosas que tampoco podrás cambiar de él –le dijo Henry a Ariella–. Es muy obstinado.

–No es cierto –respondió Simon.

Ariella se dio cuenta de que los hermanos tenían una buena relación y que se querían mucho.

–A Ariella se le ha ocurrido la idea de organizar un concierto para recaudar fondos para World Connect.

–Me gusta –dijo Henry sonriendo–. Los jardines que hay enfrente del Monumento a Washington serían un buen lugar.

–Estoy de acuerdo –contestó ella–. No hay nada de malo en apuntar alto.

–En especial, siendo su padre el presidente

–dijo Henry guiñándole un ojo–. A la realeza no le parece mal un poco de nepotismo cuando la ocasión lo requiere. Al fin y al cabo, es como pasamos el trono.

A Ariella se le hizo un nudo en el estómago. Todo el mundo parecía dar por hecho que tenía una relación con su padre.

–Oh, oh, problemas a la vista –comentó Henry.

Simon se giró para seguir la mirada de su hermano.

–Cierto. Vamos a cortarle el paso.

Simon alejó a Ariella del grupo en el que estaba su hermano y la condujo hacia un hombre vestido con pantalones de *tweed* que andaba rápidamente entre la elegante multitud.

–¿Es tu tío? –le preguntó ella.

–Sí, el bueno de tío Derek, que ha venido a echar gasolina al agua.

Derek se acercó a Simon y se puso a hablar con él del equipo de polo, ignorando completamente a Ariella.

–Tío Derek, espera un momento, que quiero presentarte a mi huésped de honor, la señorita Ariella Winthrop. Ariella, este es el hermano de mi madre, Derek, duque de Aylesbury.

–Está solo de visita en Inglaterra, ¿verdad? –preguntó Derek con voz ronca.

–Sí, me marcho mañana.

–Ah.

Dicho aquello, el tío Derek volvió a ponerse a hablar de polo como si ella no estuviese allí. Terminado su monólogo, se marchó.

–Es un poco necio, pero inofensivo. Yo intento no hacerle caso –le susurró Simon al oído, haciéndola reír–. Dentro de la familia real aprendemos a mostrar un frente unido. Aunque de puertas para adentro no nos soportemos.

–Es comprensible –dijo Ariella, que lo admiraba por lo bien que hacía su papel.

Hubo un pequeño revuelo causado por la caída de uno de los jugadores, que no pudo volver a ponerse en pie porque se había lesionado.

–¡Simon, te necesitamos! –lo llamaron otros dos jugadores–. Hugh no ha podido venir hoy y Rupert sigue con gripe. No tenemos a nadie más.

Simon miró a Ariella.

–No puedo. Sería de muy mala educación abandonar a mi invitada.

–No pasa nada –le aseguró ella–. Puedo estar un rato sola.

Ariella tenía la sensación de que el partido había durado ya una eternidad, así que no podía tardar en terminarse.

–Ve a jugar.

–Eres un cielo –le dijo él, dándole un beso en la mejilla antes de salir corriendo a cambiarse.

Estupendo. Se había quedado a la deriva en aguas desconocidas. Y con la copa vacía. Decidió ir en busca de otra.

–Ariella –la llamó una voz de hombre.

Ella se giró sorprendida y vio a Derek, el tío de Simon.

–Me gustaría hablar con usted, si no le importa.

«La verdad es que sí me importa», pensó ella, pero no se atrevió a decirlo.

–Simon es joven y fácilmente impresionable –le dijo él–. Efervescente y encantador, pero no excesivamente inteligente, me temo.

Ella se quedó boquiabierta.

–A mí me parece muy inteligente.

–Por supuesto –dijo él, bebiendo de un vaso–. Es el efecto que una corona tiene en las mujeres, pero lo cierto es que una relación con usted destruiría su futuro.

–No pienso que…

Ariella no estaba segura de lo que iba a decir, pero no importó, porque Derek continuó disparando.

–Todos sabemos lo que ocurrió la última vez que un miembro de la familia real británica se volvió loco por una estadounidense. Abandonó su país y su deber por amor. No porque quisiera hacerlo, sino porque sabía que debía hacerlo.

–¿Por qué? –preguntó ella con curiosidad.

–Porque sabía que ella no era la persona adecuada.

–Pensé que había sido porque un monarca no podía casarse con una divorciada, pero, para empezar, Simon no es monarca, ni tiene muchas posibilidades de serlo. Y, para continuar, yo no estoy divorciada.

La respuesta la sorprendió a ella misma, debía de estar bajo los efectos del alcohol.

El tío Derek arqueó sus pobladas cejas.

–Estamos en una época diferente, pero no

tanto. Su Majestad es muy tradicional y todos sus nietos han sido educados para seguir un determinado camino. Simon se casará con un miembro de la nobleza británica y educará a sus hijos para ser miembros de la aristocracia. Lady Sophia Alnwick será su futura esposa y ya solo falta imprimir las invitaciones de boda. Estaría aquí con él si no fuese porque acaba de fallecer su padre. Dentro de un par de días heredará todas sus tierras y dinero y será la mujer más rica de Inglaterra.

–No creo que Simon necesite casarse por dinero ni por prestigio.

–Pero esas dos cosas nunca restan puntos, sino todo lo contrario –le dijo Derek–. Usted no es nadie. La hija ilegítima de un advenedizo estadounidense que se encuentra temporalmente en una posición de poder. No puede competir con la familia Alnwick en nada. Al igual que su hermano, Simon tiene su vida trazada desde la cuna. La finca en la que vive y la organización benéfica de la que tan enamorado está solo forman parte de su papel. Si hiciese alguna tontería por su culpa, lo perdería todo.

–No lo creo.

–¿No? La finca es de Su Majestad. Y la organización se financia en su mayor parte con las arcas reales. Piense en ello cuando lo bese.

Dicho aquello, Derek se dio la vuelta y se marchó. Y Ariella se quedó pensando si todo aquello sería verdad. ¿Era Simon una mera marioneta a la que podían cortarle los hilos en cualquier momento?

¿Podía su relación con ella hacerle perder el castillo de Whist y su trabajo en World Connect?

Notó que le temblaban las piernas y le sudaban las manos, y se apresuró a ir a por otra copa. Luego fingió que miraba el partido y gritó de alegría al ver que Simon marcaba un tanto.

–Juega muy bien –le dijo una voz inconfundible.

–Sí, Majestad. Se nota que disfruta jugando.

–Simon lleva jugando al polo desde los once años. Y, para entonces, ya llevaba años montando a caballo. ¿Usted monta?

–No, no me he subido nunca a un caballo. Es curioso, teniendo en cuenta que vengo de Montana, pero siempre he vivido en la ciudad y no he tenido la oportunidad de hacerlo.

–Ah. ¿Y qué hacía para entretenerse en Montana?

Ariella tragó saliva. Aquella era una pregunta muy personal.

–Mi padre solía llevarnos a ver partidos de fútbol casi todos los fines de semana. Y pescábamos en el lago.

–Qué agradable –respondió la reina sin mostrar un especial interés–. ¿Y tiene pensado volver a Montana?

–Tengo un negocio en Washington, así que no sé si algún día volveré a Montana. Nunca digas nunca jamás.

–¿Y cuándo va a volver a Washington?

–Mañana –dijo ella, triste y aliviada al mismo tiempo.

Tendría que dejar a Simon, pero no tendría que volver a charlar con una reina.

–He venido a Inglaterra por negocios. Y Simon ha contribuido a que sea un viaje maravilloso.

Miró a la reina a la cara. No había podido omitir la segunda frase.

–Simon me ha contado que organiza fiestas.

–Sí, he venido a organizar la boda del duque de Buckingham –le contó Ariella, sabiendo que la reina y el duque se conocían.

–Es estupendo. Todo el mundo se alegra mucho de que por fin vaya a casarse con Nicola. Han sido amigos casi desde la guardería.

–Me aseguraré de que sea un acontecimiento inolvidable.

–Seguro que sí. ¿Le ha contado Simon que él también va a casarse pronto?

Ariella frunció el ceño.

–¿Qué?

La reina sonrió dulcemente.

–En realidad, su situación es muy similar a la del duque de Buckingham. Va a casarse con una amiga de la niñez a la que todos adoramos. A lo mejor puede darle alguna idea para la boda.

Ariella notó que le costaba respirar. La reina le estaba advirtiendo que se alejase de Simon. El público aplaudió y ella se unió al aplauso, aunque no sabía qué equipo había marcado.

–Estoy segura de que la boda de Simon también será para recordar –consiguió decir por fin.

–Por supuesto. Buen viaje de vuelta a Estados

Unidos –dijo la reina sonriendo antes de marcharse.

Ariella se sintió como si le acabasen de dar una bofetada. Ya eran dos los miembros de la familia real que le habían dicho que se apartase de Simon. Debían de sentirse amenazados por ella, cosa que no la sorprendía, teniendo en cuenta que Simon había permitido que la prensa se enterase de su romance. A Sophia Alnwick debía de haberle dado un ataque.

Allí, con la copa en la mano, se sintió como un árbol solitario en una tormenta, rodeada de gente elegante con enormes sombreros, ella no llevaba ninguno. Su papel consistía en hacer que las vidas de aquellas personas fuesen todavía un poco más elegantes organizando extravagantes eventos para ellas, y no en jugar a sus mismos juegos. Últimamente estaba perdiendo el sentido de la realidad.

Contó los minutos que faltaban para que terminase el partido y Simon se bajase de su caballo. Este se dejó felicitar por sus compañeros antes de acercarse a ella corriendo.

–Espero que te hayan cuidado bien.

–Sí.

Con el pelo revuelto y el rostro colorado estaba todavía más guapo de lo habitual. Era una pena que no pudiese ser suyo.

–¿Ves? Ya te dije que no mordían.

Ariella prefirió no mencionar las marcas de dientes que le habían dejado en el alma. No iba a hacerlo, al menos, allí.

–Estoy muy cansada. ¿Te importa que nos marchemos?

No le apetecía tener que ser educada con el tío Derek ni tampoco con la reina, a la que solo le había faltado acompañarla al avión.

–Por supuesto.

Simon se despidió de varias personas con la mano y la escoltó hasta el coche como si fuese la persona más importante del lugar.

–¿No tienes que despedirte de la reina?

Ariella no quería que le echasen a ella la culpa de que Simon hubiese descuidado sus deberes.

–No te preocupes. Iré a verla mañana, después de dejarte a ti en el aeropuerto.

–Ah.

Era normal. Al fin y al cabo, era su abuela. Esta querría discutir con él los detalles de su próxima boda.

De vuelta en el castillo de Whist charlaron del partido. Era evidente que a Simon le encantaba su vida allí, rodeado de personas que se preocupaban por él, rodeado de lujos. Había nacido para ello.

Ariella, no.

Disfrutaron de una animada cena en el salón del castillo, en esa ocasión, preparada y servida por el personal del mismo. Seguro que todos los criados conocían la existencia de la puerta que había entre las habitaciones de ambos y que la habían estado utilizando. Ariella sintió vergüenza.

–Esta noche estás muy pensativa –le dijo Simon cuando iban por el café.

–¿Sí? Estaba pensando en la boda del duque de Buckingham –le respondió, y no era del todo incierto–. Espero no parecerte demasiado aburrida.

–Eso es imposible –añadió él sonriendo–. Vamos a relajarnos arriba.

Ella tragó saliva. No sabía si iba a poder volver a hacer el amor con él, sabiendo que su familia estaba decidida a separarlos.

–De acuerdo.

De todos modos, siempre había sabido que no tenían futuro. Que era solo una aventura, un accidente.

Simon tomó su mano mientras subían las escaleras y se la apretó de tal manera mientras la miraba de reojo que a Ariella se le encogió el corazón. ¿Por qué tenía que ser un príncipe? ¿Por qué no podía ser un hombre normal y corriente, con un trabajo normal y una casa en algún barrio de Washington?

–Te veo… preocupada.

Entraron en la habitación de Simon y él cerró la puerta. La de ella estaba abierta de par en par. Al parecer, ni siquiera iban a fingir que dormían en habitaciones separadas.

–Lo estoy –confesó Ariella–. Voy a echarte mucho de menos.

–En ese caso, tendremos que asegurarnos de que no pasamos demasiado tiempo separados.

La tomó entre sus brazos y le dio un cálido beso en los labios.

–Sí –le contestó, aunque no lo creyese.

Lo mejor sería despedirse y retomar sus vidas.

Profundizaron el beso hasta que Ariella tuvo que apartarse para tomar aire. Simon le bajó la cremallera del vestido y poco después estaba desnuda e intentando desnudarlo a él. Aunque todo el mundo parecía pensar que pronto se casaría con lady Sophia, ella sabía que, en esos momentos, tenía todo su interés. Solos en aquella habitación eran dos personas que estaban bien juntas.

Simon le mordisqueó el mentón y el cuello mientras respiraba con dificultad.

–No sé qué voy a hacer sin ti.

Así que no era la única que lo pensaba. Se metieron juntos entre las sábanas.

–Harás lo que hacías antes de conocerme. Ya sabes, subir montañas, saltar cascadas, y esas cosas.

–Es probable que tengas razón. Al menos, hasta mi siguiente viaje a Washington.

Se colocó encima de ella y apretó la erección contra su vientre.

Ella tomó aire.

–Quién sabe lo que puede pasar hasta entonces.

Era evidente que su familia le advertiría que guardase las distancias con ella. Y, si era sensato, lo haría. Ella, por su parte, estaría ocupada con sus propios dramas: conocer a su padre en televisión, trabajar, esquivar a la prensa.

–No pensemos en el futuro. No podemos desperdiciar ni un solo segundo de nuestra última noche juntos –le dijo él justo antes de penetrarla.

Y ella se dejó llevar por el placer.

Se movieron al mismo ritmo y, cuando el orgasmo llegó, a Ariella le entraron ganas de echarse a llorar. Los sentimientos que tenía dentro la desbordaban. Deseo, miedo, placer y pánico, y el anhelo de poder quedarse allí, en brazos de Simon, hasta el final del mundo.

Él la abrazó con fuerza, como si tuviese miedo de perderla.

–Oh, Ariella –le susurró al oído.

A ella le encantaba cómo decía su nombre.

Suspiró y disfrutó de los últimos momentos que les quedaban juntos.

Por la mañana sonó el despertador, recordándoles a ambos que Ariella tenía que tomar un avión poco más de cuatro horas después.

–¿Te ha caído bien mi familia? –le preguntó Simon de repente.

–Son muy agradables –respondió ella.

–Salvo tío Derek.

–Sí.

Simon se sentó.

–¿Te dijo algo?

Ariella dudó un instante. ¿Por qué no se lo había contado todavía? No había querido estropear la noche anterior.

–Más o menos.

Simon le agarró la mano y la miró a los ojos.

–Tengo que prepararme para irme.

–¿Qué te dijo?

–Nada importante –contestó, intentando levantarse de la cama, pero él no la dejó.

–No te creo. Venga, cuéntamelo o tendré que utilizar técnicas de tortura medievales –le dijo como si estuviese de broma, pero ninguno de los dos se rio.

–Me dijo que ibas a casarte con Sophia Alnwick muy pronto.

–Cosa que tú ya sabes que no es cierta.

–Y me recordó lo que había ocurrido la última vez que un miembro de la monarquía británica había tenido una relación con una estadounidense.

–No te pareces en nada a Wallace Simpson.

–Eso le dije yo, pero da igual, porque ni siquiera estamos saliendo juntos. Por eso pensé que no merecía la pena contártelo.

–¿Alguien más te dijo algo?

–No mucho. Aunque la reina me preguntó cuándo iba a volver a Estados Unidos. Sospecho que todos están deseando que me marche para que tú puedas volver a salir con alguna agradable y adecuada chica inglesa –le dijo ella sonriendo, e intentando hablar en tono de broma.

Al fin y al cabo, eso era lo que iba a ocurrir.

Pero Simon estaba muy serio.

–Tendré que hablar con ellos –dijo, frunciendo el ceño–. Siento que te hayan hecho sentir incómoda.

–No pasa nada, de verdad. Ha sido divertido. Nunca había estado en un partido de polo y me ha encantado verte jugar.

–No debí dejarte sola. Hablaré con ellos.

–No hace falta, de verdad.

Ariella no sabía si debía contarle que también le habían dicho que perdería el castillo y su trabajo si no hacía lo que debía.

–Tengo que vestirme y guardar mis cosas. ¿Tienes el teléfono de algún taxi?

–¡Un taxi! –exclamó Simon antes de abrazarla con fuerza–. Te voy a llevar yo al aeropuerto. Eso, si no decido hacerte perder el avión.

–En ese caso, mi socia, Scarlet, me matará. Lleva sola en Washington una semana.

–No podrá matarte si no te encuentra –dijo él arqueando una ceja.

–Mandaría a un sicario. Se nos da bien seguir a la gente. Seguro que puede rastrear mi teléfono móvil.

–Tendrá que pasar por delante de los guardias de palacio –continuó Simon, besándola en las mejillas y en los labios–. A veces es muy práctico vivir en una fortaleza.

–Ya lo veo –respondió Ariella, acariciándole la espalda–. Creo que podría acostumbrarme a ello.

Era tan fácil hablar con Simon y bromear con él… No se comportaba nunca como si fuese un príncipe y ella una plebeya. Ariella tenía la sensación de que estaban en el mismo equipo y podían vencer al mundo juntos.

El despertador volvió a sonar. Ariella empujó a Simon muy a su pesar y salió de la cama.

–El deber me llama.

–Lo sé, y supongo que tengo que aceptarlo.

Se vistieron, desayunaron rápidamente y luego Simon la llevó a Heathrow. Se besaron en el coche, donde nadie podía verlos, pero él insistió en acompañarla hasta la terminal. Allí, Ariella vio que había un fotógrafo, así que se despidió de Simon con un casto adiós.

Se sintió aturdida mientras pasaba el control. Se preguntó si Simon iría a verla a Washington o si la reina y tío Derek lo convencerían para que cumpliese con sus obligaciones.

Cuando llegó al avión se sentía triste y desanimada.

Hasta que miró el teléfono y se enteró de que estaba a punto de conocer a su famoso padre.

Capítulo Ocho

Un breve mensaje de texto de Liam Crowe, director de ANS, le decía que iban a grabar el programa el martes. Ariella acababa de llegar a casa y de deshacer las maletas cuando Francesca, la esposa de Liam, fue a ayudarla a prepararse.

–Sé que suena un poco superficial, pero ¿qué piensas que debería ponerme?

Ambas estaban sentadas a la mesa de la cocina, tomando té. Ariella estaba muy nerviosa.

–Suelo ir de negro, pero he oído que no es un color que favorezca ante las cámaras. Desaparece o algo así, y no quiero que desaparezca y me deje desnuda delante de todo el país.

Francesca se echó a reír.

–Es cierto que no favorece –le respondió–, que suele ser mejor ir de otro color. Vamos a echarle un vistazo a tu armario.

Fueron a su dormitorio y Ariella abrió el armario con desgana. Era pequeño y toda su ropa estaba apretada.

–¿Cómo consigues encontrar las cosas? –le preguntó su amiga mientras sacaba un vestido rojo que llegaba a la rodilla–. El rojo refleja seguridad.

–Pues no me siento nada segura. Yo creo que debería ir más sencilla.

–¿Tú? Si eres casi una princesa. ¿Qué tal este azul intenso? –dijo Francesca, sacando un conjunto de falda y camisa.

–De eso nada. Simon y su familia están completamente fuera de mi alcance.

–¿Has conocido a la reina? –le preguntó su amiga, agarrándola del brazo.

Ella asintió.

–Charlamos un rato. No sabes qué miedo.

Ariella sacó un traje de chaqueta gris.

–¿Y este?

–Demasiado apagado. No me puedo creer que hayas conocido a la reina. Me encanta. Es tan anticuada...

–Exacto. Por eso le horrorizaría que su nieto saliese con una estadounidense –comentó ella, suspirando–. Simon es un cielo, pero no tenemos futuro.

–Tendré que leer los posos de tu té cuando terminemos de escoger tu ropa.

–¿Se puede hacer cuando se utiliza té en bolsitas?

–Exige más creatividad, pero yo la tengo.

–Será mejor que nos centremos en el programa. ¿Qué tal este vestido lila?

Francesca lo estudió.

–Es perfecto. Alegre y joven, pero elegante y sofisticado.

–Decidido. ¿Conoceré al presi... a mi padre, quiero decir, antes de que empiece la grabación?

Francesca dudó.

–He hablado de eso con Liam. Él prefiere que

lo conozcas en directo para que el impacto sea más dramático, pero yo le he dicho que no es un programa cualquiera, que es tu vida. Así que, si quieres conocerlo antes, hablaré con Liam.

–Da igual. A lo mejor si lo conozco directamente ante las cámaras soy capaz de controlar mejor mis emociones.

–No hagas eso. Es muy malo para la audiencia –le dijo Francesca guiñándole un ojo.

–¿Liam prefiere que me ponga a lloriquear y lo llame «papá»?

–Por supuesto.

Ariella tomó aire.

–Es una pena que esa no sea yo. Siempre estoy tranquila bajo presión. Me temo que no estoy hecha para la televisión.

–Solo tienes que ser tú misma, y que Liam se preocupe por la audiencia.

Ariella, que solía controlar muy bien sus sentimientos, estaba temblando mientras se retocaba el maquillaje. Faltaban diecisiete minutos para que conociese a su padre. Lo que la ponía nerviosa no eran tanto las cámaras de televisión ni la audiencia, sino lo que vería al mirar a Ted Morrow a la cara.

¿La alentaría su expresión a querer construir una relación con él para el resto de sus vidas? ¿O llevaría esa máscara que lo había ayudado a ganar las elecciones? Ariella conocía bien esa máscara, porque ella también se la ponía mucho. De hecho, tenía planeado llevarla esa noche.

Tenía la esperanza de que aquello fuese el inicio de una relación, pero no quería llevarse una decepción. A lo mejor él no quería. Se encontraba en una posición de poder e influencia que hacía que fuese extrañamente vulnerable. Era probable que no quisiese compartir intimidades ni sentimientos con una extraña que podía venderlo a la prensa. No obstante, Ariella sabía que se llevaría una desilusión si no se sentía un poco más cerca de él después de esa noche.

–¡Cinco minutos! –la avisó una ayudante de producción, asomando la cabeza–. ¿Estás lista?

–Sí.

Ariella se levantó con piernas temblorosas y se alisó la falda del vestido de color lavanda.

–Puedes venir a la habitación verde. El presidente está charlando con Liam, así que no lo verás hasta que no estemos en el aire.

–¿Va a ser todo en directo?

–Sí. Se supone que no vas a hacer nada que se tenga que quitar después, como ponerte a jurar o algo parecido –le dijo la otra mujer, apretándole cariñosamente el brazo–. Todo va a salir genial. Solo recuerda que no debes hablar demasiado deprisa e intenta no mirar a las cámaras.

–De acuerdo –respondió Ariella, para tranquilizar a la ayudante y a sí misma.

¿Y si se bloqueaba y no podía hablar? ¿Y si se desmayaba? Ocurriese lo que ocurriese, varios millones de telespectadores lo presenciarían.

Siguió a la ayudante de producción hasta la habitación verde, que no era verde, sino más bien gris y tenía varios sofás y sillas. En una mesita había una jarra de agua, vasos y una cesta con magdalenas. Ariella no tenía apetito. Se sentó en un sofá y sonrió débilmente.

La ayudante de producción miró un papel que tenía en la mano.

–Barbara Carey te presentará y después entrará el presidente.

La periodista Barbara Carey era conocida por conseguir que todos sus invitados llorasen. Seguro que la habían escogido por ese motivo. En cualquier caso, Ariella estaba segura de que no iba a llorar. Iba a estar tranquila, iba a ser educada e iba a sobrevivir a aquella media hora de sufrimiento.

Una luz se encendió junto a la puerta del Estudio C.

–¿Ha empezado el programa?

–Sí. Están grabando. Prepárate.

La ayudante de producción acompañó a Ariella a la puerta y la abrió con cuidado. La luz de los focos la cegó al entrar en el estudio lleno de cámaras. Barbara Carey estaba sentada en un escenario que parecía un salón, con sillones y una planta. A ambos lados tenía un sillón vacío. En tan solo unos segundos, Ariella estaría sentada en uno de ellos, mirando a su padre.

El corazón se le encogió mientras intentaba mantener estable la respiración.

–... una joven a la que todos hemos conocido

con la sorprendente noticia de que es hija del presidente de los Estados Unidos. Ariella Winthrop.

La ayudante de producción la hizo salir al escenario. Barbara se levantó y tomó su mano, y luego Ariella se sentó en el sillón indicado. ¿Dónde estaba el presidente? Contuvo las ganas de mirar a su alrededor para ver si estaba por allí cerca.

–¿Sabías que Ted Morrow era tu padre?

Ariella se fijó en que Barbara Carey llevaba muchísimo maquillaje e incluso pestañas falsas.

–No, me enteré por la prensa, como todo el mundo.

–¿Te habían dicho tus padres que eras adoptada?

–Sí. Siempre supe que era adoptada. Me contaron que mi madre me había tenido soltera y demasiado joven para poder mantenerme, así que había decidido darme en adopción para que pudiese tener una vida mejor.

–¿Y quisiste alguna vez conocer a tus padres biológicos?

–No –admitió, frunciendo el ceño–. Para mí, mis padres adoptivos eran mis padres.

–Pero fallecieron en un trágico accidente. ¿No te preguntaste entonces por tus padres biológicos?

–Tal vez no quise pensar en ellos. No quise intentar reemplazar a mis padres.

Aquello estaba siendo más una entrevista de lo que ella se había imaginado y estaba empezando a ponerse nerviosa. Quería que Ted Morrow saliese cuanto antes.

–Pero me alegro de tener la oportunidad de conocer a mi padre –añadió.

Nadie sabía que ya conocía a su madre. Había prometido que lo mantendría en secreto e iba a cumplir la promesa.

–Es normal –dijo Barbara Carey poniéndose en pie–. Permite que te presente a tu padre, el presidente Ted Morrow.

Ariella se levantó y miró hacia la oscuridad, más allá de las luces del estudio. Vio el conocido rostro del presidente, alto, guapo, sonriente. Sus miradas se cruzaron y a ella se le cortó la respiración mientras él le tendía la mano y ella se la daba. Su mirada era cariñosa y Ariella vio en sus ojos que estaba emocionado.

–Hola, Ariella. Me alegro mucho de conocerte –le dijo en voz baja y ronca.

A ella se le aceleró el corazón y notó que le costaba respirar.

–Yo también me alegro –respondió.

Se miraron fijamente durante unos largos segundos, sin soltarse las manos, y entonces Ariella notó que la abrazaba.

Le devolvió el abrazo con la fuerza acumulada en sus veintiocho años y notó que se le llenaban los ojos de lágrimas. Estas empezaron a correr por sus mejillas y a mojar la chaqueta de su padre. No pudo controlarse. Cuando por fin se separaron, supo que no sería capaz de hablar si le hacían una pregunta. El presidente, su padre, también tenía los ojos brillantes de la emoción.

Él la ayudó a volver al sillón y ocupó su sitio, al otro lado de Barbara Carey, que estaba en silencio, dejando que el momento hablase por sí solo.

–El encuentro se ha hecho esperar –comentó, mirándolos a ambos.

Ariella vio que su padre, porque ya no le resultaba extraño pensar en él como en su padre, volvía a mirarla fijamente.

–No tenía ni idea de que existías –le dijo casi sin aliento, como si estuviese hablando solo con ella y no ante las cámaras de televisión.

–Lo sé –consiguió responder Ariella.

Ella sí había sabido que existía, por supuesto, pero no quién era.

–Es evidente que tus padres te educaron muy bien. Estoy al tanto de todos tus logros y sé lo bien que has llevado la avalancha de acontecimientos que has tenido que vivir durante los últimos meses.

Ariella sonrió.

–Gracias.

–Teníamos que habernos conocido antes, pero yo me dejé aconsejar muy mal y esperé a tener el resultado de las pruebas de ADN –continuó él–. Fui un tonto. Solo hay que mirarte para saber que eres mi hija. Y tienes los ojos de tu madre.

Esos mismos ojos volvieron a llenarse de lágrimas y Ariella alargó la mano hacia una caja de pañuelos que, milagrosamente, había aparecido en la mesita de café que tenían delante. De repente, se vio en sus pómulos y en la manera en que arrugaba la nariz. Habían vivido sus vidas muy cerca el uno del otro en Washington, pero nunca se habían encontrado.

–Supongo que tengo que dar las gracias a esos periodistas entrometidos que han descubierto la verdad –le dijo ella. Luego, miró a Barbara Carey–. Si no, jamás nos habríamos conocido.

–Tenemos que recuperar mucho tiempo perdido –intervino Ted Morrow, inclinándose hacia delante–. Me encantaría conocerte.

–A mí también –respondió Ariella, que pensaba que el pecho le iba a explotar de la emoción–. Llevo deseando conocerte desde que me enteré de que eras mi padre, pero no es fácil conseguir una cita con el presidente.

Él sacudió la cabeza.

–Yo también tenía muchas ganas. Suele ser un error permitir que otras personas te digan lo que tienes que hacer, y no volveré a permitirlo. Tengo la extraña sensación de que vamos a descubrir que ambos tenemos mucho en común.

Ariella sonrió.

–Le he dado muchas vueltas a eso. Y me gustaría saber más cosas acerca de tu vida en Montana.

El gesto de Ted Morrow cambió. Tal vez estuviese pensando en la época del instituto, cuando había estado con Eleanor. Ariella se preguntó qué opinaría de que esta hubiese mantenido su embarazo en secreto. ¿Sería capaz de perdonarla?

–Tuve una niñez maravillosa en Montana. Y estaba muy enamorado de tu madre –le aseguró él con los ojos todavía llenos de emoción–. No sé qué habría pasado si me hubiese contado que estaba embarazada.

–A lo mejor en estos momentos no sería el presidente de Estados Unidos –sugirió Barbara–. Su vida habría tomado otro rumbo.

–Es probable que hubiese empezado a trabajar de ayudante de dirección en una fábrica –admitió él.

–Pero aspiraba a más –volvió a intervenir Barbara–. Acababa de aceptar una beca para estudiar en la universidad de Cornell.

–Quería salir de mi pequeño estanque y ver si podía nadar en uno más grande –dijo, volviendo a mirar a Ariella–. Jamás pensé en abandonar a Ellie.

Barbara Carey se inclinó hacia él.

–¿Ellie es Eleanor Albert, su novia del instituto?

–Sí. Le escribí cartas e hicimos planes para pasar el verano juntos –explicó, frunciendo el ceño–. Entonces, un día dejó de responderme. No contestó al teléfono. Su madre empezó a colgarme cuando la llamaba. Yo supuse que había conocido a otro. No tenía ni idea de que había tenido que marcharse de la ciudad para ocultar su embarazo.

–Y no volvió a verla nunca –dijo Barbara.

Él la miró.

–Jamás. Y he pensado mucho en ella a lo largo de los años. Me he preguntado dónde estaría y si sería feliz.

–Y no se casó con otra persona.

–Supongo que no conocí a nadie a quien quisiera tanto como a Ellie.

Su dura expresión se suavizó de la emoción. A Ariella le dolió el corazón al pensar en Eleanor, Ellie, que estaba en Irlanda, pensando que Ted estaría muy enfadado con ella. Ariella se prometió que haría todo lo que pudiera para convencerla de que lo viese en persona.

–Pues tenemos una sorpresa para usted, presidente Morrow.

Él arqueó una ceja.

–No sé cuántas sorpresas más voy a ser capaz de soportar. Llevo un año cargado de ellas.

Barbara se puso en pie y miró hacia la oscuridad. Ariella y su padre se levantaron también.

–No ha sido fácil convencerla, pero me alegra anunciarles que Eleanor también está con nosotros esta noche.

Ariella dio un grito ahogado. Intentó ver el rostro de su madre en la oscuridad, pero no pudo. Miró a Ted Morrow, que parecía muy sorprendido. Y entonces por fin descubrió a Liam Crowe acercándose con Eleanor del brazo. Iba muy bien peinada y llevaba un sencillo vestido de color burdeos, estaba joven y guapa, y muy, muy nerviosa.

Miraba a Ted Morrow como si acabase de ver un fantasma.

–Ellie –susurró el presidente–. Eres tú.

Ella salió a la luz de los focos parpadeando.

–Hola, Ted –respondió con un hilo de voz.

Él le dio el mismo abrazo de oso que había dado a Ariella, pero... vacilando un poco.

Llevaron otro sillón para que Eleanor se sentase al lado de Ariella, a la que saludó muy nerviosa.

Barbara se inclinó hacia Ted.

–Tengo que confesarle que fue Eleanor la que se puso en contacto con nosotros. Ariella le había contado lo del programa y había decidido que ya era hora de hablar con usted y contarle su versión de la historia.

Ted miró fijamente a Eleanor, como si no se pudiese creer que estuviese allí.

–Ariella y yo nos vimos en Londres –empezó Eleanor en voz baja–. Conocerla fue muy importante para mí. No me había dado cuenta de lo que había perdido hasta que la vi y hablé con ella. Y entonces me di cuenta de que tenía que verte a ti también.

–Jamás supe qué había sido de ti. Pasé años preguntándole a tu madre, pero no me lo contó. Me dijo que te habías ido a vivir al extranjero.

–Y era cierto. Conocí a mi marido, me casé y nos fuimos a vivir a Irlanda un año después del nacimiento de Ariella. Me pareció que sería más fácil para todo el mundo que yo desapareciese.

–Para mí no lo fue –protestó Ted–. ¿Por qué no me lo contaste? Sabes que me habría casado contigo.

Ella lo miró en silencio. Le temblaban los labios.

–Por eso mismo no te lo conté. No quería que

abandonases tus sueños por hacer lo correcto. No podía permitirlo.

–Ellie –le dijo Ted con los ojos llenos de lágrimas–. Tal vez había otras cosas más importantes que el éxito profesional.

–Lo siento mucho –respondió Eleanor en voz más alta.

Ariella tuvo la sensación de que estaba empezando a arrepentirse de estar allí, así que la agarró de la mano y se la apretó.

–Si miro atrás me doy cuenta de que cometí un tremendo error –continuó su madre–. Tenía mucho miedo. Mi familia me dijo que el escándalo te arruinaría la vida. Era una época diferente. Yo era joven y tonta. No sabía qué hacer y seguí un mal consejo.

–Lo importante es que hoy estamos aquí todos juntos –dijo Ted, hablando por primera vez con voz de presidente–. Todos hemos hecho cosas que cambiaríamos si tuviésemos esa posibilidad, pero en vez de mirar atrás y lamentarte, te sugiero que aceptemos el presente.

–Bien dicho –añadió Barbara–. Y en ANS estamos encantados de haber formado parte del reencuentro.

Después de la grabación fueron todos a la habitación verde. Ariella estaba en estado de shock. Habían estado viendo un montaje de fotografías y entrevistas pasadas y habían respondido a varias preguntas más. Se alegraba de que el programa se hubiese terminado, pero la idea de conocer mejor a sus padres la ponía nerviosa.

Ted y Eleanor estaban el uno al lado del otro, mirándose en silencio. Ariella se preguntó si debía decir algo para romper el hielo, y entonces pensó que tal vez lo mejor que podía hacer era quitarse de en medio.

–No has cambiado nada –le dijo el presidente, emocionado, a Eleanor.

–Tú tampoco. Aunque las canas de las sienes te dan un aire de distinción –respondió ella con los ojos brillantes–. No me sorprendió nada que te presentases a presidente. Hasta pedí el voto por correo para votarte.

Ted se echó a reír.

–Fue una votación muy ajustada. Gracias por la ayuda.

Parecía querer decir mucho más. Tomó sus manos.

–Sé que hiciste lo que pensabas que era mejor –continuó en tono cariñoso, como si estuviesen a solas, aunque Ariella estaba allí y de fondo iba y venía el personal de producción.

–Sé que ahora no lo parece –admitió ella.

–Nunca he querido a nadie más –dijo Ted.

Ariella sintió ganas de desaparecer, pero sabía que había costado mucho trabajo organizar aquella reunión y quería pasar más tiempo con su padre.

–No debería decírtelo –continuó él–, porque sé que has estado casada.

–Greg era un buen hombre –respondió Ellie,

que ya no parecía tan nerviosa–. Siempre fue bueno conmigo y fuimos felices juntos, aunque no pudimos tener hijos.

–Siento que falleciera.

–Sí, fue algo inesperado.

Seguían mirándose a los ojos y tenían las manos unidas como si les diese miedo que las circunstancias los separasen de repente.

Aquello hizo que Ariella pensase en Simon. Sin duda, las circunstancias querían separarla de él. De hecho, era extraño que hubiesen podido disfrutar de unos momentos de intimidad. Había cosas imposibles. Y ella ya casi lo había asumido. Había sido una aventura divertida y maravillosa, pero tenía que volver a su vida normal e intentar olvidarlo.

–¿Piensas que podríamos... cenar juntos? –preguntó Ted Morrow a Eleanor en tono esperanzado.

–Me encantaría –respondió ella sonriendo de oreja a oreja–. Tenemos que ponernos al día.

Entonces, fue como si ambos se acordasen de Ariella de repente.

–Vendrás tú también, ¿verdad? –dijo Ted, tomando su mano para que los tres estuviesen unidos–. Para mí es muy importante conocerte después de tantos años.

–Por supuesto. Para mí también.

La cena fue muy emotiva. La alegría de estar juntos se vio empañada por la tristeza de todas las cosas que se habían perdido. Ariella llegó a casa emocional y físicamente agotada. Había apagado el teléfono antes de la grabación del programa y cuando por fin lo encendió vio que Simon le había dejado un mensaje.

–Buenas noticias, he conseguido organizar varias reuniones en Washington la semana que viene y me gustaría saber si podrías cenar conmigo el martes. Llámame.

A Ariella se le encogió el corazón al oír su voz y al pensar que tenía que apartarse de él en vez de alegrarse de la llamada. Se sintió aturdida, se tumbó en el sofá y se llevó el teléfono al pecho. Luego escuchó otro mensaje de su socia, Scarlet, que le pedía que la llamase para contarle todos los detalles. Decidió que eso podría esperar al día siguiente, ya que seguro que Scarlet había visto el programa en televisión, como todo el mundo.

El teléfono sonó y no tuvo energía para inventarse una excusa, así que respondió.

–¿Es que no ibas a llamarme?

–Hola, Scarlet. Estoy muerta.

–No me extraña. Menuda reunión. Me parece que tus padres siguen locamente enamorados el uno del otro.

–¿También se ha notado por televisión? Yo he tenido la sensación de que sobraba.

–¿Estás bien?

–Me siento un poco débil. A lo mejor me he deshidratado o algo así.

Habían compartido una gran cena, pero ella casi no había podido comer.

–Necesito dormir –añadió.

–De acuerdo. No te olvides de que mañana por la mañana tenemos la reunión con los Morelli.

–A las diez en punto, ¿verdad? –quiso confirmar Ariella, a la que se le había olvidado por completo que tenían que organizar la celebración del cincuenta aniversario de casados de la pareja.

–Llámame si no te encuentras bien e iré sola.

–Estaré bien.

Pero no lo estaba.

La alarma sonó a las ocho y los ojos de Ariella no se querían abrir.

–Café, necesito café –se dijo a sí misma, intentando convencerse, pero en cuanto tocó el suelo con los pies, sintió náuseas.

Su teléfono sonó encima del tocador que había al otro lado de la habitación y ella corrió a descolgar. O al menos lo intentó, pero sus tobillos no soportaron el peso y se dejó caer de nuevo en la cama. Casi no podía respirar.

Después de cinco minutos respirando hondo y tras controlar las náuseas, consiguió ir a por el teléfono como un zombi. Scarlet había vuelto a llamar, así que le devolvió la llamada sin ni siquiera escuchar su mensaje.

–Ayer me dijiste que podías ir a la reunión sin mí, ¿verdad? –le dijo en cuanto descolgó.

–Sí, no te preocupes. Tienes una voz horrible.

–He debido de pillar algo. Voy a meterme en la cama otra vez.

–Sí, quédate en casa y ya te informaré de todo lo que ocurra.

Ariella se quedó en la cama toda la mañana. Cada vez que intentaba hacer algo útil, la cabeza le daba vueltas o se le revolvía el estómago. Hacía tanto tiempo que no había estado enferma que ya no se acordaba de lo horrible que era. La causa debía de ser el estrés y la ansiedad del día anterior. A lo mejor necesitaba un día o dos en la cama para recuperarse.

Pero no podía quedarse en la cama. Tenía que devolver varias llamadas, preparar menús y decoración, reunirse con clientes. No obstante, iba a descansar unos minutos más.

Ariella se despertó sobresaltada al oír el timbre. Miró el reloj y se dio cuenta de que llevaba horas durmiendo. Fue como pudo hasta la puerta y la abrió.

Scarlet la miró preocupada desde el otro lado.

–Te he traído caldo de pollo, tiene propiedades antibacterianas –le dijo.

–¿Y si es un virus? –preguntó Ariella en tono de broma.

–Veo que no estás tan mal como me temía. Vamos a comer.

–Ya me siento mejor. Creo que últimamente he estado desgastándome mucho.

–Y el príncipe Simon ha contribuido a ello –comentó Scarlet arqueando una ceja–, pero has tenido un par de días para recuperarte antes de la grabación.

–Supongo que no ha sido suficiente –dijo

Ariella, entrando en la cocina y sacando dos cuencos y dos cucharas–. Al menos he aguantado hasta el programa de televisión.

–¿Cómo es el presidente? –le preguntó Scarlet mientras servía la sopa.

Ariella tardó un par de segundos en contestar.

–Me ha caído bien –dijo, mirando a su amiga–. Quiero decir, que ya me caía bien antes, lo suficiente como para votarlo, cosa que supongo que es una suerte, pero lo cierto es que en la vida real es una persona natural, sin pretensiones. Era evidente que, para él, la situación también era abrumadora, cosa que me emocionó.

–Llorasteis los dos.

–Y eso que yo me había prometido que no lo haría. Normalmente, soy capaz de controlar mis emociones.

–Lo sé. Te he visto en acción con los clientes e invitados más locos.

–Pero esta vez me vi superada. Es mi padre. Compartimos genes. Es probable que nos gusten las mismas cosas, y nuestras orejas tienen la misma forma.

Scarlet miró sus orejas.

–Genial.

–Me asusta pensar que podía no haberlo conocido jamás. Simon tenía razón, era una oportunidad que me cambiaría la vida.

–Ya te digo. Ahora podremos organizar fiestas en la Casa Blanca.

–Tú me entiendes. Tengo unos padres nuevos.

Jamás sustituirán a los que me criaron, por supuesto, pero podremos tener nuevas experiencias juntos. Ya hemos planeado ir a casa de mi padre, en Maine, unos días en otoño.

–¿Y lo has hecho sin consultarme? –inquirió Scarlet, poniendo los brazos en jarras y fingiendo indignación–. Que tu padre sea el presidente y que salgas con un príncipe no significa que vayamos a dejar de ser socias.

Ambas se echaron a reír. Después, Ariella sacudió la cabeza.

–¿Qué será lo próximo?

Sintió náuseas de nuevo.

–Tengo que sentarme.

Scarlet la siguió hasta el salón con el ceño fruncido.

–Toma un poco de sopa –le dijo, con el cuenco en la mano–. ¿Has comido algo en todo el día?

Ariella negó con la cabeza.

–No tengo apetito.

–A lo mejor estás embarazada –sugirió Scarlet sonriendo. Era una broma.

–Claro, Simon y yo nos hemos acostado.

–¿Ah, sí? Y no me has contado los detalles.

–Hace una semana. No puedo estar embarazada.

–Con una vez es suficiente. Y mi madre siempre cuenta que empezó a sufrir los síntomas desde el principio. Se hizo la prueba y era positiva dos semanas después.

–Hemos utilizado preservativos –respondió Ariella, que se sentía cada vez peor.

–¿No tienen un cinco por ciento de tasa de error?

–¿Qué?

–Por eso casi todo el mundo utiliza algo más. No obstante, no creo que estés embarazada, no te preocupes.

Ariella miró el cuenco de caldo que Scarlet había dejado en la mesita de café. No podía tomársela.

Y tampoco podía estar embarazada.

Era imposible.

¿O no?

Capítulo Nueve

Simon se detuvo delante del edificio en el que tenía la reunión y marcó el número de teléfono de Ariella, que se estaba mostrando muy esquiva desde que había vuelto a Washington.

–Hola –respondió esta.

–¿Cómo estás? –le preguntó él, que no quería agobiarla preguntándole dónde se metía.

–Esto… bien. ¿Y tú?

A Simon la respuesta le resultó demasiado formal.

–Estaría mucho mejor si estuviese contigo –le dijo él, mirando a su alrededor en aquella transitada calle de Londres–. Estoy deseando verte.

–Sí –respondió ella en un susurro–. Y yo.

–¿Estás bien?

–Sí. Bien. Con mucho trabajo, ya sabes.

–Por supuesto.

Simon quería decirle muchas cosas, pero no era el momento adecuado. Además, sabía que presentarle a su familia había sido un error.

–Creo que tu estancia en Inglaterra fue demasiado intensa, lo siento.

Ella se echó a reír.

–¿Tanto se me notó? La verdad es que tu familia está completamente fuera de mi alcance.

–Estuviste fantástica. Estoy seguro de que, cuando te conozcan mejor, te adorarán.

Simon estaba dispuesto a sentar la cabeza, tal y como su familia quería, pero no con Sophia Alnwick, sino con una estadounidense sexy, divertida e inteligente.

–Estoy deseando verte –repitió.

–Yo también.

Simon pensó que no parecía la misma de siempre. Tal vez estuviese acompañada, o agobiada por el trabajo.

–Te echo de menos.

–Y yo, pero me da miedo que nos estemos metiendo en algo demasiado... importante.

–Eso es imposible –le respondió él–. Estamos saliendo juntos, algo completamente normal en dos adultos sanos, ¿no crees?

–Bueno, sí, pero... no para la opinión pública. Ni para tu familia, ellos no piensan que...

–No te preocupes por lo que piense mi familia. A veces hace falta convencerlos un poco, pero te aseguro que en eso tengo años de experiencia.

–No quiero que las cosas vayan demasiado deprisa.

–Lo sé. Y te prometo que he intentado ir despacio. Cuando vaya a Washington, lo haremos todo tan despacio que te parecerá hasta raro.

Ella volvió a reírse, pero no se reía con tanto entusiasmo como siempre. La distancia debía de estar enfriándola. La idea hizo que Simon tuviese todavía más ganas de verla.

–Tengo una reunión en UNICEF, así que tengo que colgar, pero volveremos a hablar pronto –le dijo después de una pausa.

–Estupendo. Gracias por llamar.

A Simon le dio la sensación de que Ariella tenía prisa por colgar. Se sintió tentado a decírselo, pero se recordó que no debía presionarla.

–De nada.

Decidió no decirle tampoco que la quería, a pesar de saber que era cierto. Esperaría a estar con ella a solas.

Ariella colgó el teléfono y notó que le ardía el estómago. Desde hacía tres días, tenía la sospecha de que estaba embarazada.

Así que hablar con Simon y fingir que todo estaba normal era una tortura. Casi no podía ni hablar. ¿Cómo reaccionaría su familia cuando se enterase del embarazo? Suponía que no muy bien.

Eso, si estaba embarazada, por supuesto. Y no podría estar segura hasta que no se hiciese la prueba. Había comprado un test de embarazo el día anterior y se había dicho a sí misma que lo haría cuando se sintiese preparada. Tenía la caja en el cuarto de baño, esperándola.

¿Era demasiado cobarde para averiguar la verdad? Posiblemente. Si confirmaba que estaba embarazada, tendría que pensar en cómo contárselo a la gente. Para empezar, a Scarlet. Tenía dinero ahorrado para estar una época sin trabajar, pero no podía estar un año entero de baja por maternidad y descuidar su negocio. Y luego estaba Simon…

Entró muy despacio en el cuarto de baño y miró el aparato. Tomó la caja y leyó las instrucciones.

Parecía fácil. Tal vez no estuviese embarazada. Tal vez las náuseas fuesen debidas al estrés y al agotamiento, como había pensado al principio. O quizás le hubiese sentado algo mal.

Tenía los pechos muy sensibles, pero eso también le ocurría antes de tener el periodo. Y le pasaba lo mismo con los cambios de humor. Tal vez se estuviese volviendo loca. Había gente que perdía la cabeza en circunstancias mucho menos complicadas que las suyas.

Tomó la caja y la abrió. Era una mujer adulta y podía asumir las consecuencias de sus actos. Había mantenido sexo con Simon por voluntad propia, y cuando una tenía sexo podía quedarse embarazada. Eso lo sabía todo el mundo.

Aunque a ella jamás se le había pasado por la cabeza que pudiese ocurrir.

Sacó el aparatito y siguió las instrucciones, esperando el tiempo indicado mientras se miraba el reloj. Si estaba embarazada, aparecería una marca. Cinco minutos después, contuvo la respiración y…

Vio una gruesa línea rosa dentro del círculo blanco.

–Oh –dijo en voz alta.

Y después salió corriendo del cuarto de baño como si así pudiese huir de la situación. Al parecer, estaba empezando a crecer un bebé en su vientre. Bajó la vista a la cintura de sus pantalones vaqueros. Tenía el vientre completamente plano, cosa que debía de ser normal a esas alturas.

De repente se sintió aturdida y se dejó caer en el sofá. ¿Cómo había podido ocurrir? Hacía menos de dos semanas que se había acostado con Simon por primera vez y toda su vida estaba a punto de cambiar para siempre. No tenía sentido.

Se sobresaltó al oír el teléfono. Miró la pantalla y vio que se trataba de Francesca. Normalmente, se lo contaba todo, pero su amiga estaba enamorada del presidente de una cadena de televisión y aquello iba a ser una noticia bomba. ¿Y si Francesca intentaba convencerla de que anunciase su embarazo en directo?

Dejó que saltase el contestador y se sintió culpable. Tampoco se lo contaría a Simon hasta que no estuviese allí. No podía hacerlo por teléfono. A la que sí tendría que decírselo inmediatamente era a Scarlet.

Y luego estaba la prensa. La idea de huir a Irlanda se le pasó por la cabeza. A su madre le había funcionado, aunque la había entregado en adopción antes de marcharse.

Sus circunstancias eran similares, así que tomó el teléfono y llamó al hotel en el que estaba alojada su madre. Ted Morrow la había convencido para que se quedase al menos hasta finales de mes para que pudiesen ponerse al día.

Su dulce voz respondió casi al instante.

–Soy Ariella –dijo ella, sintiéndose aliviada de

repente–. Me ha ocurrido algo muy extraño y me gustaría hablar contigo en persona.

–Por supuesto, cariño. ¿Quieres que vaya a tu casa?

–Iré yo a tu hotel si te parece bien. Estaré allí en veinte minutos.

Ellie sonrió cariñosamente al abrir la puerta y Ariella se relajó al verla. Sabía que iba a comprender cómo se sentía.

Ambas se sentaron en un sofá.

–¿Qué te pasa? Estás muy pálida.

–Estoy embarazada.

–Oh, no.

A Ariella se le cerró el estómago. Aquella no era exactamente la respuesta que había esperado, aunque tenía que admitir que su primera reacción había sido la misma.

–No pasa nada. Estoy sana y en una situación económica bastante buena –añadió, intentando tranquilizar a su madre.

–¿Lo quieres? –preguntó Ellie.

–No lo sé –admitió ella–. Solo nos conocemos desde hace unas cuantas semanas. Es de Simon, lo conociste en Londres.

–Dios mío.

Ariella intentó reconfortarla poniéndole la mano en el brazo.

–¿Qué ocurre?

–Que es como si la historia se estuviese repitiendo. ¿Por qué no podías haberte quedado embarazada de un hombre normal y corriente, que pudiese casarse contigo?

–Simon es bastante normal, para ser un príncipe –contestó Ariella, intentando sonreír–. Bueno, tal vez no sea normal, pero es muy cariñoso y realista.

–Pero su familia es muy tradicional. Ese es el motivo por el que el príncipe Charles no podía casarse con Camilla, si no, lo habría hecho desde el principio.

–Pero ahora está casado con ella, ¿no?

–Sí, pero en el camino han pasado muchas cosas tristes. Y no sé si están preparados para admitir a una estadounidense en la familia.

–Si te soy sincera, yo tampoco –admitió Ariella arqueando las cejas–. Los conocí en un partido de polo la semana pasada y sentí que estaban deseando que tomase el avión de vuelta a casa.

Ellie le acarició la mano y la miró a los ojos.

–Así que no les va a gustar que estés embarazada.

Ariella tomó aire y se echó a reír.

–¿Qué ocurre? –le preguntó su madre, que debía de estar preguntándose si se había vuelto loca.

–Estaba pensando en el bebé. Me pregunto si será niña o niño.

A Ellie le brillaron los ojos.

–Yo siempre supe que serías una niña. Y soñaba con vestidos y muñecas, todo rosa.

–Y tuviste razón.

Aunque Ellie no había tenido la oportunidad de ponerle vestidos ni de jugar con ella a las muñecas.

De repente, Ariella vio que a su madre se le llenaban los ojos de lágrimas.

–No lo vas a dar en adopción, ¿verdad?

–Por supuesto que no. Por suerte, tengo algo de dinero ahorrado. Puedo trabajar hasta el final del embarazo y después contratar a una niñera y trabajar más desde casa.

Ellie sonrió.

–Eres mucho más segura de ti misma y más competente de lo que lo era yo. Es una suerte –le dijo. Luego se puso seria–. ¿Se lo has contado ya a Simon?

Ariella negó con la cabeza.

–Todavía no se lo he contado a nadie. Tú eres la primera.

Ellie dio un grito ahogado y la abrazó.

–Es un gran honor.

–¿Un honor? –repitió ella, hundiendo la cara en su pelo–. Eres la primera persona en la que he pensado. No sabes cuánto me alegro de que vuelvas a formar parte de mi vida.

–Hasta ahora nunca lo había hecho. Se te llevaron nada más nacer, ni siquiera me dejaron verte –le contó ella con lágrimas en los ojos–. Dijeron que era lo mejor, pero yo siempre supe que no era cierto.

–Cuidaste de mí los nueve meses que estuve en tu interior. Y durante ese tiempo se creó un vínculo indestructible entre nosotras.

–He pensado en ti todos los días de los últimos veintiocho años.

–¿Ves? En cierto modo, siempre hemos estado

unidas, y has vuelto a mi vida cuando más te necesito.

Abrazó a su madre con fuerza. Todo iba a salir bien. Pero tenía que contárselo a Simon.

Simon no podía dejar de silbar. Era media mañana y llevaba flotando en el aire desde que se había bajado del avión en Washington la noche anterior. A primera hora había tenido que atender un asunto urgente y en esos momentos iba a ir a ver a Ariella, que lo había invitado a ir a su casa, gesto que le parecía prometedor. Por teléfono había estado bastante fría los últimos días, pero, al parecer, también tenía ganas de verlo. Su familia no la había espantado del todo.

Su manera, dulce y educada, de tratar a su familia le había confirmado que era la mujer perfecta para él. Estaba completamente seguro.

En el bolsillo de la chaqueta llevaba una pequeña caja de piel con el anillo más bonito que había encontrado.

Con la ayuda, y la promesa de discreción, del joyero de la reina, había escogido un maravilloso diamante rosa procedente de la India, que había mandado engarzar en un anillo de platino, rodeado de pequeños diamantes. Estaba seguro de que a Ariella le encantaría.

Eso, si accedía a casarse con él.

De eso no estaba del todo seguro. No era de las que aceptaban solo porque fuese un príncipe, motivo, entre otros, por el que la quería. La había echado mucho de menos y estaba deseando verla, abrazarla y besarla como si fuese a llegar el fin del mundo. La intensa pasión que sentía con ella significaba que Ariella era la elegida.

El coche se detuvo delante de su casa y Simon salió. Iba a pedirle que se casase con él de manera romántica.

Pero antes iba a intentar convencerla de que no tenía de qué preocuparse con su familia. Nadie iba a obligarlo a marcharse del país ni a dejar su puesto porque se hubiese enamorado de una mujer extranjera. Entre los dos los convencerían de que era el soplo de aire fresco que necesitaban. Luego la besaría hasta que se le doblasen las rodillas y tal vez incluso le hiciese el amor. Y entonces se lo pediría.

Su chófer le dio un enorme ramo de rosas rosas. Sabía que los fotógrafos se iban a poner muy contentos al verlo, pero le daba igual porque pronto estarían dando la noticia de su compromiso.

Subió las escaleras de casa de Ariella sonriendo y nervioso y llamó al timbre. Nada más verla le entraron ganas de ponerse a gritar. Era la mujer más bella de la Tierra.

Entonces la abrazó con una mano, ya que en la otra tenía las flores, y la notó un poco tensa.

–Me alegro de verte.

–Sí –respondió ella con poco entusiasmo.

–Te he traído unas rosas. He pensado que te recordarían las de los jardines ingleses.

Ella sonrió.

–Tu país tiene los jardines más bonitos del mundo.

¿Estaban hablando de jardines? Simon se moría de ganas de pedirle que se casase con él, pero algo no iba bien. Ariella estaba pálida.

–¿Cómo estás?

Ella lo hizo entrar, parecía muy tensa.

–Por favor, siéntate.

Él frunció el ceño.

–Tengo la sensación de que vas a decirme algo muy importante, pero te prometo que no voy a desmayarme.

Ariella volvió a sonreír.

–Ya lo sé, es solo por si acaso.

–¿Qué vas a contarme?

Barajó las posibilidades en su mente.

–Que estoy embarazada.

Capítulo Diez

Ariella vio cómo cambiaba la expresión del rostro de Simon.

–¿Qué? –preguntó, perplejo.

–Sé que es difícil de creer, pero me he hecho la prueba y ha dado positiva.

–Si no nos hemos acostado hasta… hace dos semanas. ¿Es tiempo suficiente para saber que estás embarazada?

–Al parecer, sí –respondió ella, preguntándose si Simon pensaría que el niño no era suyo. La idea la indignó–, pero no te preocupes, no espero nada de ti. Sé que esto llega en mal momento y que es lo último que esperábamos, pero ha ocurrido y pretendo criar al bebé. Tengo una buena situación económica, así que no tienes que preocuparte, no voy a pedirte dinero.

–Eso es lo que menos me preocupa –contestó Simon–. Utilizamos preservativo.

Al parecer, no le parecía que aquello fuese posible.

–Sí, pero no son eficaces al cien por cien. Bueno, ahora mismo eso da igual. Estoy embarazada.

Se había hecho dos pruebas más, de diferentes marcas, y el resultado había sido siempre el mismo.

–Vaya –dijo Simon, poniéndose en pie y acercándose a ella–. Enhorabuena.

Ariella se echó a reír.

–No me tienes que felicitar. Ambos sabemos que es un tremendo accidente.

–No obstante, la ocasión requiere una celebración –le dijo él, buscándose algo en el bolsillo.

Oh, no, una caja de piel en forma de corazón. Ariella supo lo que iba a hacer y se preguntó si podía decirle que no antes de que él se lo preguntase.

Simon apoyó una rodilla en el suelo, confirmando así sus peores temores.

–Ariella –le dijo–. ¿Quieres casarte conmigo?

Ella se mordió el labio inferior y sintió ganas de llorar. No consiguió articular palabra, así que se limitó a negar con la cabeza.

Él frunció el ceño.

–¿No? ¿Por qué no? –preguntó él, repentinamente indignado.

–Porque jamás funcionaría –le respondió con la voz quebrada y ronca–. Tu familia se llevaría un buen disgusto. Me dejaron muy claro que pretenden que te cases con otra persona.

–Lo superarán.

–No. Y no quiero ser la oveja negra y la apestada de la familia el resto de mi vida. Tampoco quiero que la reina te quite la finca y la organización benéfica. Casándote conmigo te arruinarías la vida, así que eso no va a ocurrir.

–¿Por qué me hablas de otras personas? Yo

quiero casarme contigo. Y sabiendo que estás embarazada, tengo otro motivo más.

Simon seguía con una rodilla en el suelo y Ariella pensó que aquella situación era ridícula. Además, las palabras de Simon la estaban haciendo dudar. ¿Podían olvidarse de su familia, de la prensa, del pueblo británico y de que su padre era el presidente, y hacer lo que quisieran?

No. No podían. La vida no funcionaba así.

Simon se dio una palmada en la frente.

–Nos hemos puesto a hablar del bebé y de mi familia y se me ha olvidado mencionar lo más importante –dijo, tomando sus manos–. Que te quiero. Y que quiero pasar el resto de mi vida contigo, Ariella. Necesito pasar el resto de mi vida contigo. Te quiero.

A ella se le encogió el pecho. Lo que más le dolía era que sentía lo mismo por él. Desde que Simon había llegado a su vida, todo lo demás había pasado a un segundo lugar, pero eso no era suficiente para construir una vida juntos.

–El amor no dura eternamente. Es un momento de emoción y entusiasmo que une a la gente, pero después hay que trabajarlo. Mis padres adoptivos trabajaron mucho en su relación y consiguieron estar unidos, mis padres biológicos, no.

Ariella se puso en pie con el ceño fruncido. Tenía que apartarse de Simon para poder pensar con claridad.

–Entre nosotros hay mucha atracción –dijo, dándole la espalda–. Eso hace que me olvide de todo lo demás cuando estoy contigo.

Cuando se giró, Simon se había puesto en pie y su presencia parecía llenar todo el salón.

–Pero se terminará. Tu vida ya estaba completamente planeada cuando naciste. Ya estabas casado con tu familia y con tu país. Y no puedes abandonarlos para casarte con otra persona a la que no van a aceptar y que jamás encajará en tu mundo. Lo mejor es que lo nuestro se rompa ahora mismo.

Simon espiró ruidosamente.

–Tienes razón. Estoy casado con mi familia y con mi país y jamás los abandonaré. Y sé que es mucho pedir que los aceptes y los quieras como lo hago yo, pero eso es lo que te estoy pidiendo –le dijo, acercándose y tomando sus manos con firmeza–. Cásate conmigo, Ariella.

A ella se le encogió el estómago.

Quería decirle que sí, pero sabía que no podía.

–¿No querrás casarte conmigo por obligación, porque estoy embarazada?

–No, no te lo estoy pidiendo porque estés embarazada –respondió él divertido–. Compré el anillo antes de saberlo. Quiero casarme contigo y no voy a marcharme de aquí hasta que no me digas que sí.

–¿Vas a obligarme? –le preguntó ella, asustada por su seguridad.

Él le sujetó las manos con menos fuerza.

–No, lo siento. Espero que, con el tiempo, consigas ayudarme a moderar mi entusiasta personalidad.

–Eso me parece imposible –respondió Ariella riéndose–. Estoy segura de que vas a ser un padre maravilloso, aunque no estemos casados.

–Eso es cierto, lo seré –le dijo él, conteniéndose para no volver a pedirle que se casase con él.

–Eres un hombre estupendo, Simon. Pero en estos momentos mi vida es muy complicada. Tal vez podamos retomar el tema en un futuro y... ¿quién sabe?

–No voy a marcharme de aquí –le dijo él con los ojos brillantes y en tono de humor–. Me sentaré en un rincón con el anillo hasta que entres en razón.

–Como si eso fuese posible –dijo ella, sin poder evitar sonreír–. Dudo que consigas estar sentado y en silencio más de tres minutos.

–¿Tres minutos enteros? –preguntó Simon–. Tal vez tengas razón. Tienes que comer por dos, así que te propongo que salgamos a comer.

Ariella se echó a reír.

–Eres incorregible.

–Estoy a punto de hacer posible lo imposible.

–Simon, no me estás escuchando. Te he dicho que ahora mismo no estoy preparada para comprometerme.

Él se puso serio.

–Entendido. Ahora, ¿vamos a comer?

–Eso, sí.

Ariella dejó que le tomase la mano y su cuerpo reaccionó. Contuvo un suspiro. ¿Por qué tenía que ser su vida tan complicada?

***

Ariella frunció el ceño cuando el chófer de Simon detuvo el coche delante de Talesin. Era uno de los restaurantes más caros de Washington.

–¿Vamos a comer aquí? –preguntó, sintiéndose incómoda.

–Sus filetes son famosos. Y necesitas comida rica en hierro.

–¿Por qué me hace gracia todo lo que dices? –preguntó ella, mirando a su alrededor–. ¿Sabes que es el restaurante favorito del presidente?

–¿De verdad? Pues yo llevaba mucho tiempo queriendo venir.

–Seguro que es difícil conseguir una mesa sin reserva.

–No cuando eres un príncipe –le susurró él al oído.

Ariella se echó a reír.

–Ah, sí, se me había olvidado.

–Bienvenido a Talesin, Alteza –lo saludó el maître–. ¿Mesa para dos?

–Gracias –dijo Simon, y luego se giró hacia Ariella–. ¿Ves?

Ella arqueó una ceja.

–No te pongas chulo.

–Hago lo que puedo.

El maître los condujo por el comedor principal hasta un patio con vistas al río.

–Ariella –dijo una voz imposible de ignorar.

Ella se giró y vio al presidente.

–Ah, hola. Me alegro de verte –contestó, presa del pánico–. Simon, este es el presidente Morrow, mi... padre. Y este es Simon Worth.

Ted Morrow sonrió a Simon.

–¿Me haríais el honor de comer conmigo en el reservado?

–Yo... nosotros... –balbució Ariella.

–Será un placer –dijo Simon en su lugar.

–Sí, sí. Claro –añadió ella, mientras pensaba que aquello era demasiada coincidencia.

Siguieron al presidente hasta una habitación luminosa, con grandes ventanas y muebles elegantes y Ariella pensó si también la alquilarían para ocasiones especiales mientras se preguntaba de qué demonios iban a charlar los tres.

Los mejores camareros del restaurante les recomendaron platos y les llevaron vino, y Ariella se enteró de que el presidente solo bebía vino del país. Ella lo rechazó diciendo que no bebía durante el día, pero eso le hizo recordar que había una cuarta personita en aquel comedor. Su hijo. Y el de Simon. El nieto de Ted Morrow.

Simon animó la conversación hablando de sus viajes y a Ariella le volvió a sorprender la naturalidad con la que le hablaba a todo el mundo. De hecho, cuando terminaron el aperitivo ya había empezado a relajarse, y entonces llegó la carne servida con verduras.

–Este año está siendo el más extraordinario de mi vida en muchos aspectos –comentó su padre–. Y lo mejor ha sido la noticia de que tengo una maravillosa hija.

La miró con tanto cariño que Ariella sintió que se emocionaba.

–Es estupendo que la prensa se esté calmando y que podamos, por fin, empezar a conocernos de verdad.

–Además, si la prensa no te hubiese encontrado, no habría vuelto a ver a Ellie. No tenía ni idea de que se había ido a Irlanda. Y ella tampoco habría vuelto a Estados Unidos.

–Está pensando en volver para siempre.

Ted sonrió.

–Lo sé. Y me ha contado que os lleváis muy bien.

Ariella palideció. ¿Le habría contado también que estaba embarazada? No. Su madre jamás le haría eso.

–Nos acabamos de conocer y ya es una de mis personas favoritas del mundo entero. Estoy intentando convencerla de que se quede una temporada en Washington para que podamos recuperar el tiempo perdido.

El presidente dio un sorbo de su copa de vino blanco.

–Yo también he pensado mucho en eso de recuperar el tiempo perdido –dijo, dejando la copa–. Quería a tu madre con todo mi corazón, Ariella. Jamás la habría dejado marchar, pero ella no lo sabía.

–¿Se lo has dicho?

–Por supuesto. Fue lo primero que hice cuando nos quedamos a solas. Me disculpé por haber permitido que se sintiese tan sola y se viese obligada a tomar una decisión de la que después se arrepintió –dijo, frunciendo el ceño y mirando su copa, después volvió a mirarla a ella–. Y la sigo queriendo, ¿sabes?

Aquello sorprendió a Ariella.

–¿Y se lo has dicho?

–Cómo no. Yo creo que la noticia la sorprendió más que la alegró –admitió sonriendo–. Últimamente hemos pasado mucho tiempo juntos.

–Eso es estupendo –comentó ella, alegrándose de todo corazón–. ¿Por eso no te casaste nunca?

Ted asintió.

–Intenté querer a otras mujeres, pero no pude, y no podía casarme con una mujer a la que no amaba.

–Eso mismo opino yo –intervino Simon–. Pienso que elegir a tu pareja es la decisión más importante de toda la vida.

–Tienes razón, hijo. Es una decisión que no debe tomarse a la ligera –dijo Ted, mirando a Ariella–. Eso mismo le dije a este joven cuando me pidió audiencia para pedirme tu mano.

Ariella se quedó boquiabierta. Y se sintió indignada.

–¿En qué estabas pensando? –le preguntó a Simon.

–En nuestro país, lo normal es pedir la mano de la novia a su padre. Y, dado quién es tu padre, sentí que debía escuchar las objeciones que tuviese que poner.

El presidente se echó a reír.

–Y las tenía –comentó–. Le dije que antes hablase contigo, que yo no podía decidir, pero tengo que admitir que tiene mucho desparpajo.

Simon sonrió.

–Me recomendó que no me anduviese con rodeos y te lo pidiese. Y ya lo he hecho. Os lo he pedido a los dos.

–Ah –dijo Ariella con el corazón encogido al darse cuenta de que el presidente estaba esperando a oír la respuesta que le había dado a Simon.

–¿Puedo pasar un par de minutos a solas con mi hija? –le preguntó Ted a Simon.

–Por supuesto, señor –respondió este, levantándose de la mesa–. Estaré en la terraza.

La puerta se cerró tras él y Ariella frunció el ceño.

¿Debía contarle a su padre que había rechazado a Simon? ¿Debía confesarle que estaba embarazada? Todo aquello era demasiado para ella.

–¿Has visto? No soy más que un tipo de un pueblo de Montana y acabo de decirle a un príncipe británico que se marche.

–Y yo solo soy una chica de un pueblo de Montana y estoy comiendo con el presidente de los Estados Unidos.

Él asintió y sonrió.

–Supongo que eso demuestra que somos todos personas normales y corrientes –comentó él. Luego, se puso serio–. ¿Lo quieres?

–Es posible.

–No te veo muy segura.

–Lo cierto es que… conectamos. Me divierto con él y siempre estoy relajada en su compañía, algo muy raro, dadas las circunstancias. Me gusta mucho, pero en realidad solo nos conocemos desde hace unas semanas, y últimamente mi vida ha sido tan complicada que ya no sé qué pensar.

–Bueno, pues voy a darte un consejo que espero que te sirva. No esperes a que llegue el momento adecuado –le dijo su padre mirándola a los ojos–. El momento perfecto no existe.

Ariella asintió muy despacio.

Su padre le agarró la mano otra vez.

–Si quieres a ese joven y, por lo que veo en tus ojos, pienso que lo quieres, no pierdas la oportunidad porque no llegue en el momento adecuado. No quiero que después te arrepientas, como me pasó a mí.

Ella notó que le costaba respirar.

–Estoy embarazada de él. Me he enterado esta semana.

Ted hizo un movimiento raro con la boca, como si quisiera decir algo, pero no pudiese.

–Se lo conté a Ellie hace un par de días y ella me aconsejó que se lo contase a Simon. Y lo he hecho. Tengo la sensación de que la historia se repite, ¿no te parece?

Su padre negó con la cabeza.

–No, Ariella. La historia no va a repetirse porque Simon y tú sois mucho más valientes y fuertes, y tal vez más testarudos, que tu madre y yo –le dijo él–. Simon es un hombre especial. No creo que la vida pueda irte mal a su lado.

Ella sonrió.

–Tienes razón –admitió–, pero luego está el resto de su familia. Y, además, tendríamos que vivir en Inglaterra.

Su padre se encogió de hombros.

–Inglaterra está al otro lado del charco. Solo hay que tomar un avión. Simon me ha contado que ya te ha presentado a su familia.

–¿Y también te ha contado que su abuela y su tío estaban deseando deshacerse de mí?

Ted frunció el ceño.

–No, eso no.

–Él piensa que me acabarán aceptando, pero yo no estoy tan segura.

–En ese caso, estoy de acuerdo con Simon, dado que conoce a su familia mejor que tú. Además, tampoco creo que haga daño que tu padre sea el presidente de su mejor aliado.

Ariella sonrió, pero no pudo evitar recordar las amenazas del tío de Simon.

–Su tío Derek me advirtió que Simon podría perderlo todo si estaba conmigo.

–No te preocupes por él. La CIA acaba de informarme de que está implicado en un caso de venta de armas a un dictador sudamericano.

–¿Qué?

–Sí. En cuanto el escándalo salte a la prensa, no os molestará más.

–Eso me hace sentir un poco mejor.

–¿Le decimos a Simon que entre a comerse el postre? –le preguntó su padre.

–Sí –respondió Ariella sonriendo.

Ted abrió la puerta de la terraza y llamó a Simon, que volvió con otra mujer del brazo: Eleanor.

–¡Esto es una conspiración! –exclamó Ariella.

Ted Morrow besó a Ellie en las mejillas.

–Le he pedido que venga a tomar el café porque no soporto estar separado de ella más de unos minutos.

Su madre, que era una mujer distinta a la que Ariella había conocido en Londres, sonrió.

–Lo mismo me ocurre a mí. Aunque me dé vergüenza admitirlo, dada mi edad –dijo, ruborizándose.

Ted Morrow tomó su mano y la ayudó a sentarse a su lado. Parecía hechizado con ella. Ariella los observó sorprendida.

–¿Ya te ha contado tu padre que no le gustó que le preguntase a él antes de preguntarte a ti? –dijo Simon, agarrándola por la cintura.

–No, lo que me ha dicho es que no deje marchar al que puede ser el amor de mi vida.

–Excelente consejo –murmuró Simon–. Espero que le hagas caso.

–Le he hecho caso. ¿Pedimos el postre?

–Por supuesto, no queremos que te mueras de hambre –le respondió Simon–. ¿Le has dicho a tu padre si vas a casarte conmigo?

–No –respondió ella mientras leía la carta de postres–, pero estoy a punto de tomar una decisión.

–La tortura está prohibida en los Estados Unidos –dijo Simon.

Ariella sintió ganas de reírse y, al mismo tiempo, se conmovió.

Miró a sus padres, vio que se estaban dando un beso en los labios y apartó la vista. Habían perdido veintiocho años de felicidad, pero porque no habían estado preparados para comprometerse. Por ese motivo, habían estado a punto de perderlo todo.

Ariella respiró hondo.

–Sí, Simon Worth, voy a casarme contigo.

Epílogo

Tres meses después

Ariella se despertó y vio el rostro de Simon a su lado, sobre la almohada de la cama que compartían en el castillo de Whist. Él no había querido fingir que dormían separados, así que Ariella llevaba un mes compartiendo su dormitorio, desde que había recogido su apartamento y había arreglado sus cosas de Washington.

Todavía no le habían dicho a nadie que esperaban un bebé. Iban a guardar el secreto hasta después de la ceremonia.

–Buenos días, preciosa –le dijo Simon con voz ronca.

–Lo mismo digo –respondió ella–. ¿De verdad nos vamos a casar hoy, o estoy soñando?

–No lo sé –dijo él sonriendo–. ¿Tú qué opinas?

Ella fingió pellizcarse.

–Estoy en un lujoso palacio, a punto de casarme con un príncipe. A mí me parece que estoy soñando.

Simon le dio un beso en los labios.

–Y esto, ¿qué te parece? –murmuró.

–Umm. Me parece muy real –admitió, abrazándolo–, pero… espera. ¡Se supone que no deberíamos vernos el día de nuestra boda!

Simon la abrazó con fuerza.

–Hay tradiciones que merece la pena romper –comentó, mordisqueándole el cuello–. Se supone que tampoco debo hacer el amor la mañana de nuestra boda, pero hoy me siento rebelde.

–No podemos. ¿O sí? –preguntó ella, que estaba empezando a excitarse–. Tenemos que prepararnos.

–Estaremos preparados cuando tengamos que estarlo. Esta boda no la organizas tú, gracias a Dios.

Ariella les había cedido las riendas de la boda a Scarlet y a su nueva socia.

–Pero no puedo evitar preocuparme por los detalles.

Él le acarició los pechos y Ariella notó su erección contra el vientre.

–Al final vamos a hacerlo, ¿verdad?

–Me parece que es inevitable.

–Pero tenemos mil invitados. Y nuestros amigos están aquí alojados, seguro que en estos momentos, desayunando.

–Enseguida los veremos –respondió Simon apretándole el trasero.

Ariella se echó a reír.

–Eres una mala influencia.

–Te quiero.

–Y yo a ti. Creo que te quise desde la noche en que te conocí, cosa que no tiene ningún sentido.

–El amor no debe tener sentido –comentó Simon sonriendo–. Por eso es tan maravilloso.

–Si no fueses el hombre más tenaz y persuasivo del mundo, tal vez no me habría atrevido a enamorarme de ti.

–La tenacidad tiene sus ventajas –admitió él, mordisqueándole el lóbulo de la oreja–. Y, por suerte, tus padres me ayudaron a convencerte.

–Y ahora ellos van a casarse también –dijo Ariella sonriendo al pensar en Ellie y Ted.

Simon la besó apasionadamente y luego se colocó encima de ella y la acarició entre los muslos.

Ariella arqueó la espalda, preparada para recibirlo. Unos minutos después, el clímax los dejó a ambos relajados y dispuestos a enfrentarse a cualquier cosa.

Hasta que llamaron a la puerta.

–Siento molestarlos –dijo una voz–, pero la modista requiere su presencia para una última prueba.

–Oh, cielos –dijo Ariella–. Será mejor que nos levantemos.

–Lo bueno es que esta noche volveremos a estar juntos.

La ceremonia tuvo lugar en la capilla de la finca, del siglo XIX. Una vez declarados marido y mujer, la pareja salió a disfrutar con los invitados de una recepción en los jardines.

Ariella vio a Scarlet colocando un jarrón de rosas y se acercó a ella.

–Eh, que hoy se supone que no tienes que trabajar. Has venido como invitada, ¿recuerdas?

Scarlet se giró.

–Lo que me sorprende es que no estés colocando las copas tú.

–He tenido que hacer un gran esfuerzo para contenerme.

–Todavía no me puedo creer que ya no estés en DC Affairs. Podrías haber abierto una sede en Inglaterra.

–Estoy muy ocupada organizando eventos para palacio.

–¿Y qué dijo la reina cuando se enteró de que ibais a casaros?

–La verdad es que ha sido encantadora conmigo. Ha dicho que le parezco perfecta para Simon y que soy bienvenida a la familia. Ha sido, probablemente, la mayor sorpresa de mi vida. Y, con ella de mi parte, el resto de la familia me ha acogido también muy bien. Y sus hermanos son encantadores.

–¿Cómo los convenciste para que te permitiesen organizar sus eventos?

–Les dije que podía organizar fiestas mucho mejores por la mitad del dinero. Y tengo que admitir que los británicos saben cómo divertirse cuando tienen la oportunidad.

–Ya me he dado cuenta –dijo Scarlet, mirando a su alrededor.

–Y algunos estadounidenses también. Te he visto bailar con Daniel como si estuvieseis locos.

–Pues mira a Cara, y eso que está embarazada.

Cara había abandonado recientemente la oficina de prensa de la Casa Blanca al enamorarse de un presentador de televisión y en esos momentos trabajaba como relaciones públicas para DC Affairs.

Su marido, Max, se acercó a ellas con una copa de champán.

–Max, querido –dijo Ariella, dándole un beso en la mejilla–. Ponle un poco de freno a tu mujer.

–Jamás tenía que haber permitido que trabajase en DC Affairs, Scarlet y tú sois una mala influencia –comentó él en tono de broma.

–Por cierto, ¿has visto a mi marido?

Scarlet señaló hacia el bar.

–Está con el mío.

Ted y Ellie llegaron a su lado, y Simon las saludó a lo lejos y se acercó también.

–Conocéis a mi primo Colin, ¿verdad? –preguntó, refiriéndose a un hombre alto y rubio que había a su lado–. Es el diplomático que negoció el tratado sobre el derecho a la intimidad que me hizo ir a Estados Unidos la primera vez.

–Yo también conocí allí a mi esposa, Rowena –comentó Colin, apretando el brazo de la bella mujer que había a su lado.

Rowena saludó con la mano.

–Estoy pasándolo genial en la casa de campo de Colin. Todo el mundo es encantador –dijo.

–No siempre somos encantadores –le advirtió Simon, dándole un beso a Ariella en la mejilla–. Mi esposa podrá decirte que, en ocasiones, somos tercos como mulas.

–Eso forma parte de nuestro encanto –intervino Colin sonriendo–. Y puede ser una ventaja para la diplomacia exterior.

Todos se echaron a reír y Simon levantó su copa.

–Espero que vengáis con frecuencia a visitarnos al castillo de Whist. Nosotros pretendemos ir a los Estados Unidos todo lo que podamos.

Ted Morrow levantó su copa.

–Brindo por eso.

–¡Tres hurras por Sus Altezas Reales! –gritó Colin.

Y todos levantaron las copas.

–Hip, hip, ¡hurra!

Ariella se echó a reír. Iba a costarle acostumbrarse a las anticuadas costumbres de su país de adopción, pero se divertiría haciéndolo y compartiendo su vida con el hombre más encantador y cariñoso del mundo.

PURO PLACER

OLIVIA GATES

Desde su primera noche juntos, Caliope Sarantos y Maksim Volkov llegaron al acuerdo de no comprometerse y mantener una relación basada solo en el placer. Pero el embarazo de ella lo cambió todo.

El rico empresario ruso nombró al pequeño su heredero, aunque desapareció de la vida de Caliope. Cuando volvió para ofrecerle una vida juntos, la brillante promesa de un final feliz se vio eclipsada por la sombra del trágico pasado de Maksim... y de su oscuro futuro. ¿Estaría Caliope dispuesta a arriesgar de nuevo su corazón?

¿Sería solo un romance?

¡YA EN TU PUNTO DE VENTA!